TAKE
SHOBO

皇帝陛下の溺愛婚

獅子は子猫を甘やかす

すずね凜

Illustration
なま

蜜猫
MitsuNeko

皇帝陛下の溺愛婚 獅子は子猫を甘やかす

contents

イラスト／なま

皇帝陛下の溺愛婚

獅子は子猫を甘やかす

序章

枕元のオイルランプの炎がかすかに揺らめいた。

「いつまでそこに立っているつもりだ。さっさとこちらへ来い」

背中を撫《な》で上《あ》げるような低く艶《つや》っぽい声が呼ぶ。

天蓋付きの大きなベッドの端に腰を下ろしているレオポルドの、背中まである豊かな金髪がきらりと光を弾く。彼は絹のシャツとぴったりした脚衣《きゃくい》の、寛《くつろ》いだ服装だ。

「だ、だ、だって……わ、私、私……」

寝室の中央で棒立ちになって、白絹の寝間着一枚のシャトレーヌは声を震わせる。声だけでなく、足もがくがくと震えている。心臓が緊張でばくばくいって、今にも口から飛び出しそうだ。

「なんだ、この期に及んで私が怖いのか？」

レオポルドが綺麗な眉をしかめる。その鋭い琥珀色《こはくいろ》の瞳が灯《あか》りを映し、端整な顔がぞくっとするほど美しい。

「こ、ここ、怖く、は、ない……で、す」

怖い。ものすごく怖い。

レオポルドが怖いのではなく、これから彼とベッドを共にすることが、限りなく恐ろしいのだ。

だって、なにも知らない。無垢《むく》な処女なのだ。

今まで父親以外の男性に触れたのは、レオポルドが初めてだ。それだって今までは口づけ止まりだった。男女の営みについては、ほとんど無知だ。服を脱いで一緒に寝るのだ、というくらいしか知らない。相手に何もかも曝《さら》け出してみせるということだ。それを考えただけで、頭に血が逆流し、めまいでばったり倒れてしまいそうだ。

無理だ、とても無理。もはや涙目になっている。

ふいにレオポルドが深いため息をついた。

「仕方ないな」

すっくと彼が立ち上がりこちらに近づいてくる。すらりと長身の彼が目の前に立つ。小柄なシャトレーヌは、彼の胸の下までしかつむじが来ない。ああこんなことなら、もっとヒールの高い靴を履いてくるのだった、と、のぼせ上がった頭で場違いなことを思う。うつむいて、ががた震えていると、彼の大きな掌《てのひら》が優しくつむじをぽんぽんと叩《たた》いた。

「可愛いな、私のシャトン（子猫）」

「シャ……シャトレーヌ、です、っ……」

子猫なんて子ども扱いしないで欲しい。でも彼はその呼び名がとても気に入っていて、ずっとシャトレーヌをそう呼ぶ。「マ・シャトン（私の子猫）」と。

頭のてっぺんを撫《な》でていた手が、ゆっくり額から頬におりてくる。なんて大きな手だろう。シャトレーヌの小造りの顔などすっぽり覆われてしまう。そのすんなり長い指先が、そっと頬を撫でる。びくんと身体が震える。頬を撫でた指が、唇をなぞってくる。何度も。

「……あ……」

なんだろう。こんなふうに触れられると、不思議な気持ちになる。心臓のどきどきが、恐怖から喜びにすり替わってくる気がする。

「愛らしいな、お前はどうしてそうも愛《いと》おしい？」

頭の上からせつなそうな声が降ってくる。

シャトレーヌはおずおずと顔を上げる。レオポルドの熱っぽい瞳と視線が絡む。

「れ、レオポルト様……」

誉《ほ》められて少しだけ心が落ち着いた気がして、彼にふわりと微笑《ほほえ》む。すると彼が息を呑《の》んで目を見開く。

「ああ、そんな顔をするな。たまらん」

そしていきなり彼女を軽々と抱き上げた。

「あっ……」

横抱きにされ、すぐ側にレオポルドの顔がある。彼が真摯な眼差しで凝視《み》てくる。「獅子《しし》皇帝」と渾名《あだな》され、その鋭い琥珀色の視線は悪魔すら怯《おび》えて逃げ出す、とまで言われている彼の瞳は、しかし今はとても穏やかで蕩《とろ》けるように優しい。吸い込まれそうで、心までわしづかみにされる。

「私のシャトン――今宵《こよい》、私のものになってくれるか？」

低いトーンに胸がきゅんとなる。もちろんそのつもりでここまで来たのだ。でもいざとなると、竦《すく》んでしまった。でももう覚悟を決めた。きりっと表情を引き締め、言う。

「は、はい……レオポルド様に私の全てを捧《ささ》げ、まま……っす」

しまった。決め台詞のつもりだったのに噛《か》んでしまった。なんて失態だ。せっかくの初夜の雰囲気も台無しだ。かあっと耳朶《みみたぶ》まで真っ赤になる。恥ずかしさで涙がみるみる溢《あふ》れてくる。もう目を合わせていられず、顔を背けて唇を噛み締める。耳元でレオポルドがくすりと笑ったような気がした。

「そんなに固くなるな、可愛いシャトン。こっちを向け」

おずおず彼の方を向く。彼の熱い息が頬にかかったかと思うと、しっとりと唇を覆われる。

彼の愛用しているムスクの甘くむせ返るような香りが、鼻腔《びこう》いっぱいに満ちる。

「ん……ふ……」

思わず目をぎゅっと瞑《つぶ》ったら、目尻に溜《た》まっていた涙がぽろりとこぼれてしまう。彼の熱い舌がぬるぬると口唇をなぞる。擽《くすぐ》ったく心地《ここち》好《よ》い。

「は……ふぁ……ぁ」

詰めていた息を吐こうと唇を開くと、すかさずレオポルドの舌が口腔《こうこう》に忍び込んでくる。

「んぁ、ふ……はぁ」

始めての口づけの時、いきなり舌を押し込まれた時にはびっくりした。それまで口づけとは、単に唇と唇が触れ合うだけの行為だと思っていたからだ。でも、レオポルドの口づけは違った。激しく深い。シャトレーヌの息も魂も、全てを奪ってしまいそうなほど情熱的だ。

「……ふ、はぁ、ふぅんん……」

口蓋を舐《ねぶ》られ、喉奥まで長い舌が入り込み舐《ねぶ》り回す。頭がぼんやり霞《かす》み、強《こわ》ばっていた身体の力がみるみる抜けていく。くちゅくちゅと舌の上を擦られると、ぶるっと腰が震えるほど感じてしまう。そろそろと自分の舌を差し出すと、柔らかく噛まれて喉がひくりと音を立てる。

「んっっ、んぅ、んんぅ……っ」

そのまま舌を搦《から》めとられ、ちゅうっときつく吸い上げられて溢れる唾液を啜《すす》られると、背中がぞくぞくするほどの快感が込み上げて、もうなにも考えられない。

「……ふ……はぁ、は……ぁ」

長い口づけの果てに、ようやくレオポルドの顔が離れた時には、シャトレーヌは頬を上気させぐったりと彼の胸にもたれていた。息が荒く、心臓がどきどきしている。

「可愛いな、可愛い私のシャトン――」

繰り返しつぶやきながら、彼が額に頬に何度も唇を押し付ける。

「レオポルド……さ、ま……」

潤んだ瞳で見上げると、彼は目を細めてにこりと微笑んだ。もうだめだ。その笑顔は反則だ。

「冷徹な獅子皇帝」が、自分にだけは蕩けそうな笑顔を向ける。ずるい。瞬殺だ。そして、胸が甘く疼《うず》く。もうなにも怖くない。

「レオポルド様、大好き……」

彼の逞《たくま》しい首に両手を回し、ぎゅっと抱きつく。

「私もだ。愛らしいシャトン、もう誰にも渡さない」

壊れ物を抱くように、彼が優しく抱きしめてくれる。そして、そのままゆっくりベッドに歩き出す。ふわりとシーツの上に仰《あおむ》向けに降ろされる。

「怖くないから、シャトン」

レオポルドが見下ろしながら、ゆっくり衣服を脱ぎ出す。彼を見上げて、シャトレーヌはこくりとうなずく。

「はい」

そっと瞼《まぶた》を閉じ、彼を待ち受ける。

私は結婚するのだ。愛する人と結ばれるのだ。

みしりとベッドが軋《きし》み、レオポルドが覆《おお》い被《かぶ》さってくる気配がする。

彼の引き締まって逞しい身体の重みを感じる。でも小柄なシャトレーヌを気遣ってだろうか、レオポルドは肘をシーツに付いた姿勢で少し身体を起こす。

「小さなシャトン、重くはないか？」

シャトレーヌは目を閉じたまま、ふるふる首を振る。重いとかの問題ではなく、彼が全裸なのだと思うと、恥ずかしさで頭の中が逆上《のぼ》せてしまいなにも感じない。すると彼がゆっくり身体ごとのしかかってくる。

「あ……」

私の手は？　手はどこに持っていけばいいのだろう。だらんと両側に垂らしているのもおかしいので、そろそろと両手を持ち上げ、彼の背中に回してみる。男の素肌だ。固く引き締まった素肌の感触は、自分のふにゃふにゃした柔らかい肌と全然違う。大きな背中は両手が回り切らない。おそるおそる筋肉質の肌を撫でてみると、レオポルドがびくりと身を竦ませる。

「シャトン――」

深い息とともに、彼の唇が首筋を這《は》う。ざわざわと全身が粟立《あわだ》つような気がする
「あ、あ……」

男の唇がゆっくり首筋を這い上がり、耳朶まで辿《たど》り着《つ》く。ふいにねろりと耳朶の後ろを舐《な》め

られた。

「きゃう……っ」

変な声が漏れてしまった。擽《くすぐ》ったいような、悪寒のようなものが背中を走り抜けた。

「可愛いシャトン、ここが感じるのか？」

レオポルドが嬉《うれ》しそうな声を出す。そして何度も耳朶の後ろを熱い舌で舐る。

「あ、や、だめ、そこ……やだ……」

ぞくぞく全身に鳥肌が立つ。気持ち好いのか悪いのかわからないが、とにかくものすごく敏感になっている。今までそんなに耳の後ろが感じやすいなんて、知りもしなかった。

「ん、あ……もう、やめて……も……っ」

あんまり執拗《しつよう》に舐められて、耐え難《がた》いほどの身震いが走り、思わず身を捩《よじ》る。だが長身で逞しいレオポルドの身体はびくともしない。さらに彼は耳朶をぱくりと口腔に含み、耳殻に沿ってなぞり出した。

「あ……あ、だめ……ふぁ……」

生暖かい口腔と熱い舌の感触に、腰の辺りが妙にうずうずしだす。するとレオポルドの大きいな掌が、乳房の辺りを弄《いじ》り出す。

「あっ……そこ……っ」

まろやかに膨れた乳房が、彼の手の中で自在に形を変える。柔らかく揉《も》まれるととても心地好く、身体中の血が熱く煮《に》え滾《たぎ》るようだ。一方で、感じやすい耳朶を甘噛みされ、背中がひくりと仰《の》け反《ぞ》る。

「はぁ、あ、も……そんなに……触れては……」

耳朶も乳房もどんどん感じやすくなって、どちらに気を向けたらいいのかわからず、ただ混乱して息を乱してしまう。気がつくと、なぜだか乳首に芯が通ったように凝り、寝間着の布地を押し上げてつんと尖《とが》っている。レオポルドの長い指先が、その乳首をきゅっと摘《つ》まみ上げた。びりっと痛みと痺《しび》れるような感覚が身体の中心に走る。

「あう、ひぅう……っ」

思わず目を見開いてしまう。するとすぐ目の前に、愛しいレオポルドの顔がある。少し酔ったようなとろんとした目で、いつもと雰囲気が違う。尖った乳首を今度はくりくりと指で抉じられる。怖気《おぞけ》のような痺れが連続して走り、下腹部の奥の方がじくんじくんと疼く。

「や、だめ、うそ、なんだか……あぁ、なんだか熱くて……ぁあ」

呼吸がせわしなくなり、彼の舌や指が蠢《うごめ》くたびにせつない痺れが身体中を駆け巡る。その度に、はしたない猥《みだ》りがましい声が、唇から勝手に漏れ出してしまう。そんな声など出したくないのに。

「可愛いシャトン——あどけない顔に似合わず、身体は育っているのだな」

レオポルドがふうっと熱い息を耳孔に吹き込み、それすら甘く感じてしまう。

「わ、たし……へんですか？　なんだか熱くて、おかしな気持ちに……う、うるさいし……」

恥ずかしい。乱れている自分がみっともないようで、レオポルドが気を悪くするのではないか、と危惧してしまう。

だって母上には別れ際に念を押されるように言われた。

「閨《ねや》では皇帝陛下にすべてお任せして、なにをされてもじっと耐えるのですよ」

だからがんばって耐えようとしているのに、なんだかふわふわ身体が心地好くなってしまい、へんに媚《こ》びたような声が出てしまうのだ。

するとレオポルドは、左右の乳首を交互に弄りながら優しい声を出す。

「少しもおかしくはない——シャトン。いいのだ、感じるままに声を出して」

「い、いいんですね、お、おかしくないんですね」

「ちっとも——かえって私は嬉しい、お前を感じさせることが、嬉しいのだ」

いいんだ、と思う。ほっとして身体の力を抜くと、耳元にあった彼の顔が下りてきて、ふくよかな胸元にぱふんと埋められた。

「あっ……」

少し骨張った彼の顔の感触に、ぞくっと全身に震えが走る。高い鼻梁《びりょう》がすりすりと乳房の狭間《はざま》を撫《な》で擦《さす》ると、尖っていた乳首がさらにきゅっと硬く絞まってしまう。その尖った乳首を、レオポルドは口腔に含んでちゅっと吸い上げた。

「んうぁ、あっ」

ぬるつく感触にじわっと甘い疼きが乳首から湧き上がり、それが下腹部の奥へ走っていく。凝った乳首の周囲を、熱い舌先が淫らになぞると腰が痺れたように戦慄《わなな》き、ひくんと浮く。

「あ……だめ、そんな、舐めちゃ……っ」

ちゅっちゅっと左右乳首を交互に吸い上げられ、太腿《ふともも》の狭間が痛いような痒《かゆ》いようなもどかしさにひとりでにもじもじうごいてしまう。なんだかぬるぬる濡《ぬ》れているような気もして、粗相でもしたのかと慌ててしまう。

「あ、だめ、ま、待って、レオポルド様、も、しな……いで」

恥ずかしさに目をぎゅっと瞑ったまま、レオポルドの艶《つや》やかな金髪を両手で掴《つか》み、乳房から引きはがそうとする。だが彼の頭はびくとも動かず、それどころか片手がゆっくり脇腹を撫でさすり、次第に下腹部へ降りてくる。柔らかな内股を撫でられ、びくりとして両脚でぎゅっと彼の手を挟む。しかし彼の指は太腿の狭間へ潜り込んでくる。

「あ、や、そこ、やぁ……っ」

長くしなやかな指が秘めたる割れ目をそろりとなぞる。

羞恥に頭が真っ白になってしまう。

秘部に触れられたというのに、嫌悪どころかぞくぞく鳥肌が立つような期待感が襲ってきたのだ。ふいに彼が乳首をくっと甘噛みした。

「つ……きゃう、あ、やっ」

痛みとむず痒《がゆ》いような疼きに、シャトレーヌは首をいやいやと振って声を上げる。

「ん……痛かったか？」

レオポルドがそっと乳房から顔を上げて、彼女の表情を伺った。

「あ、あの……あ、痛くは……ないです、けど、けど……っ」

薄い恥毛を弄る彼の指がぬるりと滑ったような気がする。自分の身体の反応に、気持ちが付いていかず、シャトレーヌは狼狽《ろうばい》する。再び顔を下げたレオポルドは、乳首を舐りながら、秘裂をゆるゆると上下になぞる。割れ目がわずかにほころんで、なにかとろりと熱いものが溢《あふ》れ出《だ》した。濡れている。確かになにか濡れて、溢れて、漏らしてしまった。

「あ、だめ、あ、だめ、です……っ……やだ……」

あまりの恥ずかしさに、耳朶まで真っ赤に染め、身体を捩《よじ》って逃れようとする。しかし彼の巨体に覆いかぶされている状態では、全く身動き取れない。その間にも、男の指がぬるぬると陰唇を擦る。そうされると、下腹部がもどかしく痺れ悪寒のようなものが背中を走り、ますます濡れてしまう気がする。

「……おね、がい……汚れて……私、私……なんだか、きっと粗相を……いやぁ……」

大事な初夜に、こんな恥ずかしい態を晒《さら》すなんてありえない。鼻の奥がつんとして、涙が溢れそうになる。するとレオポルドが顔を上げ意味ありげに微笑む。

「濡れてしまった？」

シャトレーヌが声もなくこくんとうなずくと、彼は身を起こして彼女の目尻に溜まった涙を唇で受けた。

「泣くことはない。可愛い私のシャトン。これは粗相ではないのだ。お前が私を欲しているという証《あかし》だ」

艶っぽい低い声でささやかれると、下腹部の奥がずきんと疼いて、さらに熱いものが溢れてくる。レオポルドの指が、濡れそぼった花唇を押し広げるようにして、蜜口をくちゅくちゅと掻《か》き回《まわ》した。

「ほら、わかるだろう？　お前の無垢な花びらは、私を受け入れようと甘い蜜を垂れ流している」

「あ、だめ……そこ、弄っちゃ……やあん……ぁん」

粘つく淫らな音を立てて陰唇を擦られ、腰が蕩けそうなほど心地好くなってしまう。ふいにしなやかで長い指が、和毛《にこげ》のすぐ下にある小さな突起をくりっと転がした。びりっと雷にでも打たれたような激しい快感が走り、シャトレーヌはびくんと腰を浮かせて悲鳴を上げてしまう。

「きゃぅん、やぁあっ、な、なに？　これ、あぁぁ？」

そこを弄られると、甘い痺れが全身を駆け巡り腰が勝手にびくついてしまう。

「ここがお前が一番感じる小さなお豆だ。どうだ、たまらんだろう？」

シャトレーヌの顕著な反応に、レオポルドは嬉しげな声を出して、ひりつく突起を指で弄り続ける。

「お、豆？　あ、やぁ、だめぇ、しないで、あぁ、あぁぁっ」

信じられない。自分の身体にそんな器官が存在しているなんて、今の今まで知らなかった。

「そうだ、もうこりこりに硬くなってきた。感じやすい、初心《うぶ》で可愛い身体だな」

突起が被っている包皮ごと指で挟まれ、上下に扱《しご》かれるともう堪《たま》らなかった。

「んんっ、うぁ、あ、だめ、そんなにしちゃ……私、へんに……っ」

やめてほしいのにもっとしてほしいような淫らな興奮が、下腹部の奥をきゅうっと収縮させる。しとどに濡れた蜜口が、物欲しげにひくひくと男の指を締めつけてしまう。

「可愛いな、私のシャトン。乱れるお前は本当にそそる」

陰核を刺激しながら、レオポルドの指がぬるりと蜜口の奥へ侵入してきた。

「はぁ、あ、だめ、指なんか……だめ、挿入《はい》らない……っ」

異物感に腰を引こうとしたが、彼はかまわず隘路《あいろ》を押し広げるように二本の指を揃《そろ》えて押し入れてくる。

「シャトン、ちゃんと拡《ひろ》げておかねばお前の苦痛が増すだけだ——大丈夫、挿入ったよ」

「ふ……あ、は……あぁ、あ……」

それほど苦痛もなく意外にあっさりと指が呑《の》み込《こ》まれ、シャトレーヌが身体の力を抜くと、くちゅくちゅと愛蜜を弾かせて、指が抜き差しを始める。

「んんぅ、あ、指……いっぱいで……あぁ、動いちゃ、だめ……あぁあ……」

初心な襞《ひだ》を擦り上げられると、身体の奥底からなにか重苦しい熱い愉悦が迫《せ》り上ってくる。

「やぁ、なにこれ……こわい……あぁ、だめ、だめ……レオポルド、様ぁ」

未知の感覚に、シャトレーヌは思わず男の背中にしがみつく。

「怖くはない――シャトン、感じてごらん。気持ち好く――」

「ん……ふぅ、ん、んんぅ、は、はぁっ……」

身体中が熱くなる。膨れた突起を転がされ、潤んだ膣襞を擦り上げられると、感じたことの無い快感に頭が真っ白になり、淫らな喘《あえ》ぎ声が止められない。

「や、やだぁ、あ、だめ、なんだか、あぁ、へんに……だめぇっ」

堪えられない愉悦に腰が硬直してくる。身体の深い所から、せつない熱い波が押し寄せ、どこかに意識を攫《さら》おうとする。ぐじゅっと指を突き入れる部分から、はしたないほど愛蜜が溢れてくる。喜悦に追いつめられて、息が止まりそうだ。いやいやと首を振るが、レオポルドはやめてくれない。それどころか、指の動きがいっそう早まる。

「ひう、あ、だめ、いやぁ、いやぁああ、あぁあぁっ」

がくがくと身体が痙攣《けいれん》する。最後に膨れ上がった突起を扱かれた瞬間、意識が飛んだ。

ひくっと喉の奥が鳴り、シャトレーヌは全身を強ばらせた。

「──達《い》ったか？」

なにかの限界に達すると同時に、レオポルドの指がゆっくり引き抜かれ、シャトレーヌはがくりと全身を弛緩《しかん》させた。

「は、はぁ……は、あぁ、あ……ぁ」

まるで全力疾走をした後のように、胸が激しく上下し動悸《どうき》がせわしない。まだ意識がはっきり戻ってこない。うっすら目を開けているのに視線が定まらず、快感の余韻を追っている。

「可愛いシャトン、初めて達したな」

レオポルドが感慨深げな声を出す。

「はぁ、ふ……これ、が、達く、っていうこと、ですか……？」

ぼんやりしたままつぶやくと、レオポルドの怜悧《れいり》な顔が間近に寄せられ、そっと唇をおおってくる。

「そうだ、これが最初だ。そして、これからもっともっと気持ち好く、果てしなく沢山お前に与えてやろう」

「ん……」

啄《ついば》むような口づけを受けているうち、ふいに意識がはっきりしてくる。

「あ？　もしかして、まだ、あるんですか？」

彼女の無邪気な質問に、レオポルドがこそばゆそうな表情になる。

「その通りだ。シャトン、今のはほんの前菜、といったところだ」

「え？　ま、まだ、この続きが……？」

戸惑っているうちに、レオポルドがゆっくり身体を重ねてくる。

「今度は、私自身を受け入れてもらう」

「あ、え？　ま、待って……」

「もう待たない。シャトン。お前はもはや私のものだから」

彼の逞しい長い足が、シャトレーヌの膝を割った。下腹部に、なにかずしりと硬く熱いものが押し付けられる。

「あっ？」

本能的な恐怖にびくんと身体が竦む。

ほころんだ蜜口に、みっしりした太い肉塊が押し当てられた。それは指などとは比べ物にならないくらい、巨大で長大で禍々《まがまが》しい感じがした。

「ひ……っ」

思わず両目をつぶって彼の肩にしがみつく。

「怖いか？　私が？」

じりっと灼熱《しゃくねつ》の塊が花唇を押し開いてくる。

「こ、怖くは、ないです……レオポルド様がなさることは、私は全て受け入れます」

本当は死ぬほど怖かったが、それよりもレオポルドと結ばれるのだという悦《よろこ》びの方が勝っていた。さっきの愛撫《あいぶ》も最初は怯えていた。でも、ほどなくそれは甘い快感に成り代わった。レオポルドのすることは、なにもかもが全幅の信頼がおけた。

「嬉しいよ、私のシャトン、可愛い子猫――」

笠《かさ》の開いた先端が、ずずっと挿入ってきた。

第一章　一瞬の恋

初春、大陸一の領土を誇るプローゼ帝国はお祝い気分に沸き立っていた。

病がちな前皇帝が退位し、皇太子が後を継いだのだ。皇太子は二十二歳という若さであったが、幼い頃から文武に秀で将来を嘱望されていた。父皇帝は病弱でたびたび伏せってしまい、政は一部の重臣達がほしいままに牛耳り利権を貪っていた。そのためプローゼ国政は荒れ、侵略を企《たくら》む隣国諸国が虎視眈々《こしたんたん》と狙っている状態だった。国民の不安は増すばかりだったのだ。

新皇帝のその際立った賢さは国中に知れ渡っており、頑健な身体と整った美貌とを併せ持つ新皇帝の誕生に、プローゼ国は期待と祝賀ムード一色に塗りつぶされた。

それは北の国境沿いのザクスン領でも、同じことであった。

「いやはや、めでたいめでたい。我が国に久しぶりに明るい話題が飛び込んできた」

ザクスン領主ソワソン伯爵は礼服に身を包み、朝から落ち着き無く屋敷の中を行ったり来たりしていた。午後からザクスンの街では花火を打ち上げ、大々的に新皇帝の誕生を祝う祝典が催される予定だった。領主であるソワソン伯爵と夫人はその祭りの主賓である。

「あなた、シャトレーヌが部屋から出てきませんの」

しっとりと落ち着いた美貌の伯爵夫人が、憂い顔で居間に入ってきた。

「なんだと⁉ 午後から家族揃って祝賀に出るのだぞ。この大事な日に⁉」

目を丸くする伯爵に、夫人がたしなめるように言う。

「――今日は、シャトレーヌの六歳の誕生日でしょう?」

伯爵はあっと気がつく。この数日というもの、ザクスン上げての祝典のために忙殺され、シャトレーヌの誕生日まで気が回らなかったのだ。

「ううむ――可哀想《かわいそう》なことをしたが――国事であるしな」

困ったように腕を組む伯爵に、夫人もうなずく。

「まだ幼いから仕方ないですわ。あとで私からよく慰めてあげましょう。それよりあなた、そろそろ出発しないと、式典に遅れてしまいます」

「うむ――参るとするか」

娘のことを心に留《とど》めながらも、伯爵夫妻は式典に出席するために屋敷を後にした。

シャトレーヌは二階の南端にある自分の部屋で、ベッドに潜り込んだまま両親が出かけていく馬車の音が遠ざかるのをじっと聞いていた。

(いってしまったんだ……)

今日は国のお祝いということで、屋敷の侍従や侍女達にも休みが与えられた。そのため皆、祝典に参加するため出払ってしまった。屋敷の中はしんと静まり返っている。

シャトレーヌはそろそろとベッドから起き上がった。

ふさふさした栗色《くりいろ》の髪、つぶらな緑色の目、さくらんぼのように赤い唇。色白で小造りの整った顔、すんなりした手足。まるでお人形のように可愛らしい。

毎年誕生日には、両親や侍従達の心づくしのお祝い会をしてもらっていた。辺境のザクスンはあまり裕福な地ではない。伯爵家も普段は慎《つつ》ましい暮らしをしている。それが、誕生日だけはたくさんの贈り物をもらい、美味《おい》しいごちそうを食べることができる。シャトレーヌはそれはそれは楽しみにしていたのだ。

それが新皇帝の即位祝いとかで、自分のことはすっかりないがしろにされてしまった。幼いシャトレーヌは、どれほどがっかりしたろう。拗《す》ねて部屋に閉じこもってみたものの、それが自分のわがままであるとは充分理解していた。

（お父様のお務めなのだもの、しかたないわ）

わかってはいたが、心の中は晴れない。部屋のドアを開けて、そっと廊下をうかがってみる。人の気配がない。

（みんな、お祝いに行ってしまったのね）

寂しい気持ちを抱えたまま、玄関広間に続く中央階段をゆっくり降りていった。すると、玄関広間の丸テーブルの上になにかが恭しく飾られているのに気がつく。金の額縁に国花の薔薇の花輪がかけられている。どうやら絵のようだ。

「あ、もしかしたら私への贈り物？」

両親がこっそり置いていったのかもしれない。胸が弾《はず》んでくる。急いで階段を降り切り、丸テーブルへ近づく。

「――っ」

その絵を目にしたとたん、シャトレーヌは雷に打たれたような衝撃を受けた。

肖像画だった。すらりとした長身の青年の全身像が描かれている。

耳の下辺りで切りそろえた艶《つや》やかな金髪、意志の強そうな琥珀色の目、高い鼻梁、きりりと結んだ形の良い唇。世の中にこんな美しい青年がいるだろうかと思うほど整った美貌だ。精緻な刺繍《ししゅう》を施した長いジュストコール（上着）、繊細なレースの襟飾り、細かいリボン飾りを付けた膝まである半ズボン、そこからのぞくすんなりした長い足、花飾りを付けた豪華な布靴。裏地に薔薇の紋様のある白貂《しろてん》の豪奢《ごうしゃ》なマントを肩から羽織っている。これ以上ないような立派な服装だが、それが霞んでしまうくらいに青年は威厳に満ちて美しい。肖像画の隅にはプローゼ語の飾り文字が書き込まれている。『皇帝陛下に永遠の幸あれ！』

「皇帝陛下……なんて、素晴らしいお方……」

シャトレーヌは息をするのも忘れて、その肖像画に見入った。なぜか心臓がどきどき早鐘を打ち、頬が熱くなる。時間が止まってしまったように、彼女は絵の前にいつまでも立ち尽くしていた。

それが――。

シャトレーヌの初恋だった。

「お母様、このような感じでいいかしら？」

早朝、シャトレーヌは屋敷の庭にある四阿《あずまや》の長椅子に腰を下ろし、手にしていた大きな白薔薇の花輪をソワソン伯爵夫人に差し出してみせた。四阿をのぞきにきた夫人は、美しい花輪のできばえに満足そうにうなずく。

「素晴らしいわ。きっと皇帝陛下もお喜びになられるわ。あなたが花輪を献上するお役目に選ばれるなんて、この母も誇らしいわ」

シャトレーヌは肌理《きめ》の細かい頬をぽっと赤く染めて恥じらう。

彼女は十六歳になっていた。

幼い頃からの美貌にますます磨きがかかり、匂い立つようだ。色白の顔にぱっちりした緑色の目、つんと可愛い赤い唇。小柄だが均整の取れたほっそりした肢体。まるで花の女神のように艶やかで愛らしい。

本日、皇帝陛下がザクスンに初めて視察に訪れるのだ。

「冷徹な獅子皇帝」と渾名されるレオポルド三世は、就任以来プローゼ国の利権を貪る重臣達を一掃し、さらに国を豊かに栄えさせる政策を次々打ち出して、名君の誉れも高い。勇猛果敢で、戦の場にも先陣を切って飛び出していくという。そして見事な槍《やり》さばきで、敵をことごとく打ち払うのだ。領地内の視察も率先して行い、国の隅々まで目を行き届かせるようにしている。

ザクスン領主であるソワソン伯爵は、領地を上げての盛大な歓迎式典を催すことにした。そしてそのさいの、皇帝陛下を敬い歓迎の言葉を述べて花輪を献上する役目に、シャトレーヌを指名したのだ。

シャトレーヌは天にも昇る心地だった。

なぜなら、六歳の誕生日に初めて皇帝陛下の肖像画を見てから、彼女はずっと敬愛と尊敬の念で彼を想《おも》っていたからだ。幼い頃は夢に描く初恋の人であったが、年頃になるともはやそのような子供染みたあこがれは夢であるとわかっていた。あれから十年も経《た》っている。肖像画の美貌の青年も、威厳に満ちた男盛りであろう。

(それでも皇帝陛下にお目にかかれるなんて、一生に一度の光栄だわ)

献上する花輪がしおれないように水を張った陶磁器の鉢に浸し、シャトレーヌは着替えようと自室に戻った。昼過ぎには皇帝陛下一行がザクスンに到着するはずだ。式典は午後三時からだ。早めに仕度を済まそうと思った。

ソワソン伯爵はすでに式典会場になる街の大聖堂に出かけており、屋敷の中も誰も彼も準備に大わらわだ。シャトレーヌは気心の知れた年寄りの乳母に手伝ってもらい、とっておきのドレスに着替える。栗色の髪と緑の目を引き立てる、スカートを大きく膨らませたエメラルドグリーンのドレスだ。デコルテが深く胸元がのぞいて、ちょっと大人っぽい。豊かな髪はふっくらと若々しく頭の上に結い上げ、花輪に使ったのと同じ白薔薇を象《かたど》った髪飾りを付ける。アイラインと口紅だけの薄化粧が、彼女の初々しい美しさをよりいっそう引き立てる。

「まあまあ、こんな輝くばかりの美しさなら、きっと皇帝陛下のお気に召しましょう。もしかしたら、お褒めのお声がかかるかもしれませんよ」

乳母が美麗に仕度のできたシャトレーヌを見て、惚《ほ》れ惚《ぼ》れした声を出す。

「本当？」

はにかみながら鏡の中の自分を見る。我ながらまんざらでもないと思う。

昼までに時間があるので、お茶でも頂こうかと階下に降りる。

（そうだ、献上する花輪は大丈夫かしら）

ふと気になり、居間の窓際のテーブルに置いてある花輪を確認しにいった。

「!?」

シャトレーヌはどきりとして息を呑む。大きな陶器鉢に入れてあったはずの花輪が、影も形もない。

「どうして⁉　どこにいってしまったの⁉」

夜明け前に起きて、何時間もかけせっせと編んだ大事な花輪だ。きょろきょろとテーブルの周りを捜していると、ふいに側の開いた窓の外からカラスの鳴き声がした。

「カァー」

窓の外に目をやると、庭の枝に一羽の大きなカラスがとまっている。そしてその太い嘴《くちばし》には、なんと花輪が咥《くわ》えられているのだ。

「！——だめ、それは——っ」

窓から身を乗り出して叫ぶと、カラスは小ずるそうな黒い目でちらりと彼女を見た。そして花輪を咥えたまま、ぱっと飛翔《ひしょう》した。

「あっ」

シャトレーヌは真っ青になった。今から花輪を編んでいる時間はない。なんとしても取り戻さねば。居間の観音開きのドアから、庭に飛び出す。

「待って、それを返して！」

シャトレーヌはばさばさ羽ばたく黒い影を追いかける。花輪を献上する儀式は、式典の中でも重要な役割だ。それなのに肝心の花輪がなかったら、儀式が行えない。膨らんだスカートの裾をからげて、庭の中を必死でカラスを追った。

カラスはまるでシャトレーヌをからかうようにゆっくりと飛び回り、やがて庭の奥の樫《かし》の木のてっぺんに降りた。息を切らしながら木の下に辿《たど》りつき、カラスを見上げて声を張り上げる。

「お返し！　それを返して！」

カラスは小首を傾《かし》げて彼女を見下ろしていたが、ふいに嘴を大きく開けた。

「あっ……」

花輪が真っ逆さまに落下してくる。シャトレーヌは受け止めようと両手を伸ばした。が、花輪は途中の木の枝に引っかかってしまう。カラスはそのまま何処《どこ》ともなく飛び去ってしまった。

「ああ……どうしよう」

頭上二メートルほどの高さで、花輪は枝に引っかかったまま揺れている。小柄なシャトレーヌは、両手を出来るだけ伸ばして飛び上がってみたが届かない。焦りのあまり頭が混乱してしまい、誰かを呼んでくるという考えが浮かばなかった。

「こうなったら……登るしか」

シャトレーヌはスカートの裾を腰のサッシュベルトに押し込み、ヒールの高い靴を脱ぐ。そして木の枝に手をかけた。淑女にあるまじきはしたない行為だが、幼い頃はよく庭で木登りなどして乳母にしかられたものだ。あの高さなら登れるかもしれない。片脚を低い木の枝に掛けて、思い切って登ろうとしたときだ。

「そこでなにをしている？」

よく通るテノールの声が背後からした。

どきりとして振り返る。

背の高い騎士の服装をした男が立っていた。

彼はシャトレーヌの顔を見ると、一瞬はっとしたように目を見開いた。

息を呑むほど玲瓏《れいろう》とした若々しく整った顔。澄んだ琥珀色の瞳、高い鼻梁、意志の強そうなきりりとした唇。ふさふさした長い金髪が風になびき、まるで獅子のたてがみのようだ。簡素な青いジュストコールと長い足にぴったりした脚衣《きゃくい》に革の長靴。腰のベルトには剣が下がっている。上着の襟に皇族の白薔薇の紋章が刺繍されているところを見ると、皇帝陛下の視察に同行した警邏《けいら》の騎士であろうか。

「あああ、あの……」

木の枝に足をかけたまま、シャトレーヌは口ごもる。とんでもない姿を見られた。

「ザクスンの淑女は、木登りをするのか？」

騎士がうろんな表情をする。シャトレーヌはあわてて足を降ろし、スカートを直す。顔から火が出そうなほど恥ずかしい。

「いいえ、いいえ。あれを取ろうとして――」

おろおろと木の枝に引っかかっている花輪を指差す。

「ふむ」

騎士は花輪を見ると、納得したような顔でさっと近づいてきた。彼の身体からは、ムスクの甘い香りがした。側で見ると、二メートル近い長身で、小柄なシャトレーヌは仰ぎ見てしまう。

「あれか？」

騎士が確認するように彼女を見下ろす。シャトレーヌは思わずこくこくとうなずく。

「はい、そうです」

騎士は片手で枝を握ると、軽々と身体を持ち上げひょいと花輪を手に取った。音もなく着地した彼は、シャトレーヌにぶっきらぼうに花輪を渡す。

「これで、いいか？」

シャトレーヌは大事に花輪を受け取り胸に抱え、思わず嬉し涙をこぼしてしまう。

「ああ、ありがとうございます！　ありがとうございます！」

しゃくりあげるシャトレーヌに、騎士が困ったような顔をする。

「そんなに、泣くな」

「ひっく、でもでも、とても大事なもので……嬉しくて……ひっく……」

せっかくのお化粧が取れてしまう、と思うが、あんまりほっとしたので涙が止まらない。肩を震わせる彼女に、騎士はなにか上着をごそごそと探っていたが、ふいに大きな手を差し出した。

「そらこれをやろう。もう泣くな」

シャトレーヌは涙に濡れた顔を上げる。騎士の大きな掌の上に、ちょこんとキャンディーの包みが乗っている。シャトレーヌはぽかんとそれを見る。

「遠慮するな、美味《うま》いぞ」

さらに手を付き出してすすめるので、シャトレーヌはおずおずと細い指でキャンディーを受け取るが、さらに悲しくなってしまう。子ども扱い、いや、子どもと間違えられたのだ。確かに小柄で童顔な目のくりくりしたシャトレーヌは、少女に見間違えられることもたびたびある。しかし、今日は晴れの日のために、うんとおめかししたはずなのだ。もう情けないやら悲しいやらで涙がとまらない。

「もう……あんまりだわ……ううっ」

号泣する彼女に、騎士は芯から困り果てた顔をする。

「なんだ、もっとほしいか——」

「ち、ちがいますっ」

シャトレーヌはキッとなる。

「わ、私、もう十六ですっ」

今度は騎士がぽかんとする。それからわずかに端整な顔を赤らめた。

「それは——失礼した。てっきり十二、三くらいかと」

「私は、今日、皇帝陛下にこの花輪を献上するお役目を頂いているんですっ」

むきになって言い募る。すると騎士が感心したような顔になる。

「おおそうなのか？」

シャトレーヌは少し気持ちが落ち着き、誇らしげにうなずく。

「はい。ずっと敬愛していた皇帝陛下にやっとお会い出来るので、もう光栄で嬉しくてなりません」

騎士が首を傾げて自分の顎を撫でる。

「だが皇帝陛下はずいぶんと気性が荒く恐ろしげな方と、聞いているぞ」

シャトレーヌはわずかに怯《ひる》む。

「そ、そうなのですか？」

「巷《ちまた》ではそう言われているな」

シャトレーヌは騎士を見上げ、秘密めいた声で言う。

「でも——ここだけの話、私はお会い出来るだけで幸せなんです。だって、私の初恋の方なんですもの」

「ほお——」

騎士が少し背を屈《かが》めるようにして、彼女を凝視《みつ》める。

「私がまだ六つの頃、お若い皇帝陛下の肖像画を拝見したの。それはそれはご立派でお美しくて——惚れ惚れしました」

「なるほどな」

騎士が面白そうな顔をする。あまり異性と接触したことのないシャトレーヌだが、この背の高い騎士にはなぜか心安く話が出来る気がした。

「でももう皇帝陛下もおじさんでしょう。いかめしいおひげなど生やしておられるわね、きっと」

騎士が面食らった表情で咳払《せきばら》いする。

「ふ――それはどうかな。そなたが直に会って確かめるがいいだろう」

騎士が居ずまいを正した。そしてさっと彼女の前にひざまずいた。

「私はそろそろ行かねばならない――御令嬢、先ほどの失礼の段、重ねてお詫《わ》び申し上げる」

彼の大きな手がそっと彼女の白い手を取り、その甲に恭しく口づけした。その温かな柔らかな唇の感触に、シャトレーヌは心臓がどきんと跳ね上がり、全身の血がかっと沸騰するような気がした。

ふいに騎士がはっとしたような顔で、握った手をまじまじ見た。薔薇の花輪を編んだために、手には無数の棘《とげ》でできた引っかき傷ができていたのだ。彼の視線に気がついたシャトレーヌは、慌てて手を引いた。騎士がおもむろに立ち上がる。

「ではこれで――」

彼は身を翻し、風のようにその場を立ち去った。シャトレーヌはぼうっと立ち尽くしていた。

まるで白昼夢でも見たような気がする。彼の唇が触れた手が、火傷《やけど》をしたかのように熱くなっていた。

皇帝陛下歓迎の式典が、ザクスン一由緒ある大聖堂で華々しく執り行なわれた。聖堂の祭壇の前に皇帝陛下の玉座がしつらえられ、その御前で聖歌隊の国歌斉唱やザクスン地方の舞踏など、演目を次々披露している。

花輪を献上する役目のシャトレーヌは、聖堂の横にある控え室で緊張した面持ちで座っていた。彼女はすべての式次第が終わったところで、皇帝陛下の前に進み出て歓迎の辞と共に花輪を献上することになっている。

「ああ、だんだんどきどきしてきたわ」

シャトレーヌは胸に手を当てて、何度も深呼吸する。

「お嬢様、大丈夫、落ち着いてください。もうすぐ最後の演目が終わりますよ」

控え室のドアをわずかに開けて、聖堂の気配を伺っていた乳母が声をかける。ふいに聖堂の方からわっという歓声とともに、拍手が湧き上がる。

「あ、終わりましたわ。さあお嬢様」

乳母がシャトレーヌの手を取り、廊下に誘導する。聖堂に入るドアの前にいた警邏《けいら》の兵が、恭しく扉を開けてくれた。

深紅の絨毯《じゅうたん》が長く敷かれた先に、玉座に腰を下ろしている皇帝の姿がぼんやり見える。あまりに畏れ多く緊張して、皇帝の方をまともに見る勇気はない。絨毯の左右には列席の貴族達がぎっしり居並んでいる。シャトレーヌはごくりと生唾を飲み込むと、頭を下げ花輪を掲げてしずしずと前に進んだ。こちらから皇帝の尊顔を拝することは失礼なので、頭を上げずに皇帝の前まで行けるよう、あらかじめ玉座までの歩数を覚えておいた。

(――あと三歩、二歩、一歩)

玉座の前まで辿りつくと、シャトレーヌは頭をさらに低くし、深く息を吸ってから声を張り上げた。

「我が栄光あるプローゼ国の偉大なる皇帝陛下に、心よりの歓迎の意を表します。ザクスンから敬意を込めてこの花輪を献上いたします」

列席の貴族達が、いっせいに頭を垂れる。この後は皇帝が感謝の意を表し、側仕えのものが花輪を受け取って皇帝にお見せして、儀式は終わるはずだ。シャトレーヌは息を詰めて皇帝の言葉を待つ。

「丁重な歓迎痛み入る」

よく通るテノールの声が響いた。シャトレーヌはびくりと肩を竦《すく》ませる。

(今の声は――？)

さらさらと衣擦《きぬず》れの音が近づいてくる。甘いムスクの香りが強く匂う。頭を下げたままのシャトレーヌは、自分の前に黒々と人の影が落ちるのを感じた。

ふいに花輪が手から取り上げられる。

「乙女が小さな手を傷だらけにして編んでくれた、価値ある花輪である」

心臓がどきんと跳ね上がる。

「乙女よ、面を上げなさい」

頭の上から声が降る。シャトレーヌは一瞬躊躇《ちゅうちょ》したが、おそるおそる頭を上げる。

目の前に、神々しいくらいに美麗なレオポルド皇帝の顔があった。

「あっ……！」

思わず声を上げてしまう。彼は午前中、庭で木の枝に引っかかった花輪を取ってくれた、あの騎士だった。その時と違うのは、錦糸の豪奢な刺繍を施した真っ赤な礼服と皇帝のみが身につけられる白貂のマントを羽織っているということだ。その皇帝が自分の前にひざまずいて、まっすぐこちらを凝視《み》ているのだ。

「またお会いしたな。ザクスンの淑女よ」

レオポルドは彼女にだけ聞こえる声で言う。レオポルドの深い琥珀色《こはくいろ》の瞳に吸い込まれそうだ。シャトレーヌは呆然《ぼうぜん》として硬直する。

すると皇帝の口角がわずかに持ち上がり、微笑する。その優しげな微笑みに、胸になにか打《ぶ》ち当《あ》たったようにずしんと衝撃が走る。

「どうだ？　皇帝陛下は髭《ひげ》の生えたおじさんだったかな？」

「う……ぁ、いえ……」

シャトレーヌはかあっと耳朶《みみたぶ》まで染めて、口ごもる。レオポルドの大きな手が伸び、シャトレーヌの頭を優しく撫でた。

「あとで褒美を取らそう——今度はキャンディーではないものをな」

その瞬間、彼女は二度目の恋に落ちたのだ。

聖堂中の者達は皆頭を垂れていて、この二人のやりとりに誰も気づかなかった。


式典はつつがなく終了した。

控え室に戻ったシャトレーヌはまだ頭がのぼせて、ぼんやりして椅子にへたりこんでいた。

「よかったよかった。皇帝陛下も非常に喜んでおられた」

「シャトレーヌにお声をかけてくださって、本当に光栄でしたわ」

両親や乳母が集まってきて、シャトレーヌが皇帝からお褒めの言葉を頂いたことを喜んでいたが、その会話に加わることすらできなかった。

（あの長身の騎士が、皇帝陛下だったなんて——）

若々しく美麗で威厳のあるレオポルドの姿が、瞼に焼き付いて離れない。彼の声や手や唇の感触を思い出すだけで、心臓が早鐘を打つ。

自分の初恋が上書きされたことを自覚する。

皇帝陛下に恋をした——だがそれは一瞬で終わる夢だった。

当然だ。田舎貴族の娘が国の頂点に立つ皇帝陛下に恋をして、なんになる。そう思うと、さっきまでの天にも昇るような心地が、一気に萎《しぼ》んでいく。

(こんな苦しい気持ちになるのなら、お会いしない方がよかった……)

肖像画だけの淡い甘酸っぱい恋心を胸に抱いていた頃の方が、ずっとよかった。生身の皇帝を知ってしまい、本物の恋の炎が激しく燃え上がった。それは初めて知る甘苦しい気持ちだった。身体までふわふわ浮いてしまいそうな喜びと、そこから真っ逆さまに落ちていく絶望感。両極端な感情が行ったり来たりする。

(——でもいいの。一瞬でも至福の時間を味わったのだから)

あの庭で、皇帝陛下が、まるで高貴な身分の姫君にするようにひざまずいて手に口づけをしてくれたのだ。あの思い出だけで、もう一生分の恋はしたと思う。きっと彼は辺境の下級貴族の娘が物珍しく、戯れにあんなことをしただけだろう。でも、シャトレーヌにとっては今まで生きてきたなかで、いや、これから死ぬまでだって、二度とあんな輝かしい幸せな時間は訪れないだろう特別な瞬間だった。

そうつらつら考えると、少し踏ん切りがつく。

(こんな私に、あんな幸せな時を与えてくれた皇帝陛下と神様に感謝しなくちゃ)

自分に言い聞かせ、おもむろに椅子から立ち上がろうとした。

まさにその時——控え室のドアが重々しくノックされ、皇帝直属の侍従が入ってきたのだ。

「ソワソン伯爵、並びに御令嬢。レオポルド三世皇帝陛下が、お呼びでございます」

ソワソン伯爵は顔色を変えた。

「皇帝陛下が？　我が娘が、なにかお気にさし触ることをいたしましたか？」

侍従は眉ひとつ動かさず答える。

「いえ、とにかくお呼びなのです。急ぎ大聖堂の控えの間までおいで下さい」

侍従の後から控えの間に続く廊下を歩きながら、父伯爵が小声で傍らのシャトレーヌにささやく。

「よいか、『獅子《しし》皇帝』と名を馳《は》せたご気性の荒いお方だ。なにかお前のことが逆鱗《げきりん》に触れたのやも知れん。とにかくお前は黙って平伏しておるのだ。私がひたすら陳謝する」

シャトレーヌは黙ってうなずく。本当はレオポルドがそのように恐ろしいとは思ったことはなかったが、もし叱責されるのなら甘んじて受けるしかない。それより、心のどこかでもう一度レオポルドに会えるのだというそこはかとなく浮き立つ気持ちがあり、不謹慎にもどきどき胸を高鳴らせている自分がいる。

警邏の兵達が立っている控えの間のドアの前に着くと、侍従が声を張り上げる。

「ソワソン伯爵、並びに御令嬢シャトレーヌ様、ご到着です」

「入れ」

威厳ある声がする。さっと警邏の兵達がドアを左右に開く。

美しいステンドグラスで埋め尽くされたドーム型の天井の控えの間の奥に、式典のときの礼服姿のままのレオポルドが座している。傍らに、同じような礼服を着た痩せぎすの黒髪の男が立っていた。レオポルドと同じ琥珀色の瞳をしているが、常に黒い口髭《くちひげ》がぴくぴくしていてひどく神経質そうな感じだ。

「皇帝陛下にはご機嫌麗しく——」

ソワソン伯爵が礼に則《のっと》って挨拶をしようとすると、レオポルドが煩《わずら》わしそうにさっと手を振った。

「形式的な挨拶はもういい。もっと近くへ——」

「はい」

どうもあまり雲行きがよくないとみた伯爵は、シャトレーヌを目で促し、二人揃ってしずしずと玉座の前に進み出た。

「参りました」

ソワソン伯爵は膝を折り、シャトレーヌはスカートの裾を摘んで深く頭を垂れる。こっそりと、レオポルドの愛用しているムスクの香りを胸いっぱいに吸い込む。

「うむ、話というのはほかでもない。ソワソン伯爵、貴殿の御令嬢のことだ」

ソワソン伯爵の全身がさっと緊張する。

「なにかご無礼を働きましたらお詫び申し上げます。なにぶん、田舎娘でございます。礼儀もしつけも行き届かず――」

レオポルドは伯爵の言葉を途中で遮る。

「シャトレーヌ嬢と申したな。彼女をぜひ、我が側室に召し上げたい」

「は!? なんと――!?」

ソワソン伯爵が絶句する。

シャトレーヌもいきなり背後から殴られたような衝撃を受けた。

今、彼はなんて？ 側室？ 側室って、皇帝陛下のお側《そば》に侍《はべ》ること？

ショックの後からわっと全身の血が熱く逆流する。心臓がばくばくいい、耳孔の奥で動悸がうるさいほどだ。

皇帝陛下は私をお側に置きたいというの？ まさか？ 本気？

「兄上、そんな簡単に――辺境貴族の小娘など召し上げては……」

ふいにレオポルドの傍らに居た黒髪の男が、不興気な声を出した。兄上ということは――彼は皇帝陛下の弟帝だ。

「オルロッド公、私が決めたことだ。誰にも文句は言わさん」

レオポルドが決然とした声を出す。

「――ですが」

不満げなオルロッド公の言葉を無視するように、レオポルドがシャトレーヌに向かって声をかける。

「シャトレーヌ嬢、どうだろうか。異存はあるか?」

シャトレーヌの傍らのソワソン伯爵が、なにか言おうとするより早く、シャトレーヌは無礼も顧みず、ぱっと顔を上げて答えていた。

「いいえ、全然ありません!」

「シャト……」

ソワソン伯爵が息を呑み、目を丸くして娘を見る。

シャトレーヌは目を輝かせ頬を桃色に染め、玉座のレオポルドをまっすぐに凝視《みつ》めた。レオポルドの目が面映そうに眇《すが》められる。それから彼はおもむろにうなずく。

「そうか、それはよかった。では決まりだ」

シャトレーヌはあまりの歓喜で頭が爆発しそうだった。最後に残っていた理性がなかったら、そのまま玉座に走って行って、レオポルドの首に抱きついてしまったかもしれない。

運命の大逆転だ。

シャトレーヌの一世一代の恋に、神が味方してくれたのか。

呆然としているソワソン伯爵とオルロッド公をよそに、レオポルドとシャトレーヌは互いの瞳だけを見つめ合っていた。


その夕刻、シャトレーヌは特別に皇帝と二人きりでの茶会に招かれることになった。

いったん着替えに帰宅すると、ソワソン家は上を下への大騒ぎであった。辺境の下級貴族の娘が、一国の皇帝陛下の元へ側室として嫁ぐことになったのだ。両親も屋敷の者も、喜びと不安で浮き足立っている。乳母などあまりの光栄な話に嬉し泣きしている。

「あなたのどこがお気に召したのかわからないけれど、とにかく、皇帝陛下のお気持ちを損ねないように、粗相《そそう》のないようにね。あなたは少しお転婆《てんば》なところがあるから、決してはしたないまねは見せてはなりませんよ」

シャトレーヌを美しく装わせながら、母が念を押す。

「わかっております、お母様」

シャトレーヌは殊勝に答えながら、内心肩をすくめた。

皇帝陛下との最初の出会いはスカートを捲《まく》り上げて木によじ登っているところだった、などと母に言ったら卒倒してしまうだろう。そもそも、なぜそれで見初められたのか自分でも怪しいと思う。だって最初は完全に子ども扱いされていたのだ。

最初の歓喜と興奮から少し気持ちが落ち着くと、皇帝陛下が自分のような小娘を側室にしたいなどと言い出すのは、どう考えても気まぐれだとしか思えなくなる。自分は初恋が成就したと舞い上がっていたが、彼の気持ちの方はいまいち判然としない。

そんな娘の不安を見透かしたのか、父伯爵は、仕度が整ったシャトレーヌが皇帝陛下の宿代わりになっている市庁舎への馬車へ乗り込む前に、彼女を呼び止めた。

「シャトレーヌ、言っておきたいことがある」

「なんでしょう、お父様」

ソワソン伯爵は娘を慈愛に富んだ目で凝視《みつ》めながら言う。

「皇帝陛下は、若い頃にそれは美しい婚約者がおられたのだ」

「え？」

「だが、その婚約者の女性は、なにやら不遇な死をとげられたと聞く。それ以来、皇帝陛下は頑なまでに女性を身近におかなかったのだ」

「そうなんですか……」

考えたらあれほどの美貌と権力の持ち主であるレオポルドが、今まで妻帯してこなかったというのは奇妙なことであった。それほどまでに、亡き婚約者に心を捧《ささ》げていたということだろうか。

「その皇帝陛下が、なぜかお前を気に入られたということは、とても光栄なことだ。自分の気持ちより、まず陛下のお心をお慰めすることだけを考えるのだよ」

「お父様……」

シャトレーヌは父の言葉に深く心打たれた。自分の恋心だけに囚《とら》われていた自分が、ひどく矮小《わいしょう》な人間に思えた。ソワソン伯爵は、優しく娘の頬を撫でた。

「この話は、お前の胸の中だけに収めておくのだ。そして、皇帝陛下に大事にされるように精一杯努力するのだよ」

シャトレーヌは胸にこみあげるものがあり、声なくこくりとうなずいた。

市庁舎に到着すると、大勢の皇帝付きの侍従が待ち受けていた。その中の最年長らしい、厳《いか》めしい白い髭を蓄えた侍従が進み出て、シャトレーヌに最敬礼する。

「お待ち申し上げておりました、ソワソン伯爵御令嬢。皇帝陛下が先ほどからお待ちかねです。どうぞ応接室へご案内いたします」

その侍従の後に従い、シャトレーヌは市庁舎の長い廊下を進んでいった。出掛けに聞かされた父の話が、まだ頭の中でぐるぐるしている。あの皇帝陛下が心を捧げた亡き婚約者に、自分が成り代われるとはとても思えない。だが、自分のなにかが彼の気を引きつけたのは確かなのだ。父の言葉通り、自分は皇帝陛下の心に沿うように振る舞えば良いのだ。

応接室のドアをノックして侍従がシャトレーヌの訪れを告げると、いきなりドアが中からぱっと開いた。

侍従もシャトレーヌも目を見張る。皇帝陛下自らドアを開けてそこに立っていたからだ。彼はゆったりした絹のシャツとぴったりした脚衣《きゃくい》だけの寛《くつろ》いだ格好だった。その飾り気のない服装が、いっそう彼の美貌を引き立てている。

「遅い！　待ちくたびれたぞ」

少し苛立《いらだ》った声を出され、侍従がびくりと肩をすくめる。レオポルドは侍従にかまわず、さっとシャトレーヌの腕を掴んで中に引き入れた。

「あ……」

小柄な彼女はすぽりと彼の胸の中に収まってしまった。

「あとは私がする。呼ぶまでは誰も中に入らぬように」

レオポルドの言葉に侍従はあわてて頭を下げて引き下がった。ドアが閉まるや否や、レオポルドはひょいとシャトレーヌの腰を抱え上げ、彼女の顔を自分に顔に持ち上げた。

「待ち焦がれたぞ、ザクスンの淑女よ」

端正な顔がいきなり目の前に迫り、シャトレーヌは耳朶《みみたぶ》まで真っ赤に染まってしまう。

「ちょ……お、降ろしてください！　こんな……」

完全に宙に浮いてしまい、シャトレーヌは膨らんだスカートの中で脚をばたばたさせた。

「おお、すまんな。こうしないと、お前の可愛い顔がよく見えないのでな」

レオポルドがにこりと微笑んで、ゆっくりと彼女を床に下ろした。

「もう！　陛下は淑女に対して礼儀がなってません」

スカートの裾を直しながら、シャトレーヌははっと気がつく。父や母にあれほど言われていたのに、こんな対等に気安い口をきくなんて――。なぜだかレオポルドを前にすると、身分だの立場だのを忘れて、つい素のままの自分が出てしまうのだ。おそるおそる顔を上げて彼を見上げると、レオポルドはまだにこにことこちらを見ている。ほっとして微笑み返すと、ふいに彼は気まずそうに咳払いした。

「む――さて、席に着くがいい。お前の好きそうなものをいろいろ用意させた」

彼に手を取られて応接室の丸テーブルに近づくと、シャトレーヌは目を見開いた。

「うわぁ……すごい！」

テーブルの上には、ゴーフル、ブリオッシュ、マドレーヌ、マカロン、スポンジケーキ、サヴァラン、ミルフィーユ、タルト、パイ、フィナンシエ、アイスクリーム、ビスキュイ、砂糖漬けの果物――ありとあらゆるお菓子が、大きな銀の盆の上にこぼれんばかりに載っている。

下級貴族の慎ましい暮らしをしてきたシャトレーヌには、お菓子は誕生日かなにかのお祝いに時に、特別に少しだけ頂く貴重なものだ。それが、今、話に聞いたり絵で見たりしたことしかないお菓子までもが、目に前にふんだんに盛られている。

夢のような光景にうっとり見惚《みと》れていると、レオポルドがそっと椅子を引いてくれる。

「さあ、存分に食べてよいぞ」

そう言われてもあまりの豪勢さに圧倒されてしまう。躊躇していると、

「なんだ、甘いものは嫌いだったか。では片付けさせて、なにか別のものを――」

と、レオポルドがテーブルの上の卓上ベルに手を伸ばそうとしたので、あわてて押しとどめた。

「いえっ――大好きです！　遠慮なくいただきます！」

シャトレーヌは急いで美しい白磁の皿を手にし、銀の菓子挟みであれこれとお菓子を取り分けた。まずカスタードクリームをたっぷり挟んだミルフィーユを口に入れる。

「っ……」

口の中でクリームが淡雪のようにとろりと蕩けた。パイ生地はあくまでぱりぱりとして、クリームと絶妙なバランスだ。あまりの美味《おい》しさに、声も出ない。それからはもう夢中で、つぎつぎに菓子を頬張った。

向いに座ったレオポルドは、ほおづえをついてそんなシャトレーヌの様子をじっと見ている。

「ん、美味しい――あ、これもすごい――ああ、美味しい！」

甘いものというのはどうしてこんなにも幸せな気持ちにさせてくれるのだろう。それを与えてくれたのが恋するレオポルドだと思うと、さらに美味しさが増す。さんざん舌鼓を打った後に、はっと気がつく。向いに目をやると、レオポルドはひとつも口にせず座っているではないか。

「あ、皇帝陛下、す、すみません！　私ばかり食べてしまって……あの、どうぞ、お召し上がり下さい。あの、このモンブランケーキは最高に美味しいですよ」

するとレオポルドは静かに首を振る。

「いや、私は甘いものはちと苦手だ。喉の調子を整えるために、いつも檸檬《れもん》入りのキャンディーだけは持ち歩いているが――お前が好きなだけ食べるがいい」

シャトレーヌは動揺して、手にしていたフォークを取り落としそうになる。では彼は、彼女のためにだけこの大量の菓子を用意させたというのか。いい気になってぱくぱく食べていた自分が恥ずかしい。急に手が止まったシャトレーヌに、レオポルドが眉を顰《しか》める。

「どうした？　もう満足したのか？」

シャトレーヌはうつむいて首を振る。

「いいえ、どれもこれもみんな美味しくて、きりがないほどです。でも、二人でいるのに一人だけで頂くのは、申し訳ないです」

「気にするな」

「します」

「皇帝の私が気にするなと言っているんだ！」

元来が短気らしいレオポルドが、少し語気を強める。しかし、シャトレーヌはむきなって反論する。

「お、美味しいものは誰かと一緒に味わってこそ、もっと美味しくなるんです！」

キッと緑色の瞳でレオポルドを見つめると、彼はわずかに狼狽《ろうばい》したような表情になる。

「お前の気分を損ねるつもりは毛頭なかった――では、なにか頂こう。その、私でも食せそうなものがないか？」

シャトレーヌはほっとして、新しい皿にサヴァランを取り分けた。

「これはお酒のきいたお菓子ですよ。お酒なら、大丈夫でしょう？」

「――うむ、酒ならば」

レオポルドは皿を受け取り、確かめるように鼻を寄せて匂いを嗅ぐ。

「お、ラム酒だな」

「ぜひ召し上がってください」

レオポルドは銀のスプーンを手にすると、柔らかな生地を掬《すく》った。そのまま躊躇《ためら》っていると、シャトレーヌが身を乗り出すようにじっと凝視してくる。彼が仕方なさそうに一口頬張った。

「む――」

シャトレーヌがにこにこする。

「どうですか？　美味しいでしょう？」

レオポルドは数秒固まっていた。それから知的な額に皺《しわ》を寄せてつぶやく。

「甘い――！」

そう言うや否や、こめかみに指を当てて押さえた。

「甘すぎる！　脳が溶けそうだ！」

その姿が毒でも飲まされたようで、シャトレーヌは思わず声を上げて笑ってしまう。

「そりゃ、お菓子ですもの。皇帝陛下、甘いに違いありませんわ！」

顔を上げたレオポルドの目の縁がわずかに赤らんでいる。

「わ、私をからかったな、お前は」

皿を押しやろうとするレオポルドに、シャトレーヌは言い募る。

「だめですわ、陛下。一度口を付けたものは最後まで召し上がらなければ、淑女の前で失礼ですよ」

レオポルドが本当に情けなさそうな顔になる。

「いやいや、これを全部食べたら私は頭痛で寝込んでしまう。勘弁してくれ」

シャトレーヌは笑い過ぎて目尻から涙をこぼしてしまう。

「天下の皇帝陛下の弱点はお菓子でしたのね」

無邪気に笑い声を上げるシャトレーヌの姿を、レオポルドは魅入られたように凝視《みつ》めている。

「――なんと可愛らしいのだ、お前は」

シャトレーヌはどきんとして笑いを止めた。

目を合わせると、彼の視線が痛いほどに熱っぽい。

「あ……の、戯《ざ》れ言《ごと》が過ぎました……気を悪くさせて、ごめんなさい」

どきまぎしながら謝罪すると、彼は首を振る。

「いや――こんな楽しい気持ちになったのは本当に久しぶりだ」

「皇帝陛下……」

レオポルドは居ずまいを正すと、静かな声で言う。

「これから――私は少し恥ずかしい告白をする。聞いてもらえるか？」

「は、はい」

シャトレーヌもきちんと椅子に座り直し、彼の方を向く。

「私はいつも、辺境の地を視察に訪れるときは、身分を隠してその地の様子を見て回るようにしている。私の統べる地がどのような暮らしをしているか、本当のところを直に自分で確かめるためにな」

「それであんな騎士の成りで……」

「そうだ。そこでお前に出会った。小さな貴婦人に。森の中のお前は、生き生きとしてまるで春の妖精のようだった」

「私……」

胸の動悸《どうき》が高まる。あんなはしたない姿を見られたのに、彼の目にはまるで別の風景に見えていたなんて――。

「お前が、若い頃の私に恋した話、小さな白い手を傷だらけにして花輪を編んでくれたこと、美の女神のような装いで大聖堂に現れたこと。そして今、お前が無邪気に私をからかったこと、すべてが私の心に染みた」

なに？　皇帝陛下はなにを言おうとしているの？　動悸が激しくなり過ぎて、手が震えてくる。

「シャトレーヌ。私はお前を愛しいと思う」

ぽん、と音を立てて顔から火が吹いて破裂したかと思った。頭がくらくらして、めまいがする。心臓がばくばくする。

「わ……わ、私……私……を？」

凍えたみたいに歯の根が合わず、かちかちいう。

「か……からかわないで、下さい……」

側室にと召し上げられただけで、もう充分だった。自分の初恋がかなったことで天にも昇る心地だった。もうこれ以上はなにもいらない。これ以上求めては、きっと神様から罰が当たってしまう。そう自分に言い聞かす。

しかしレオポルドは真剣な表情を崩さず、続ける。

「本心だ。シャトレーヌ、お前を心から大事に思う」

もう限界だった。シャトレーヌの涙腺は崩壊する。くしゃっと顔を歪《ゆが》め、彼女はおいおい泣き始める。

「うあぁああ、あぁあん、あぁあ、あぁん」

今度はレオポルドが驚愕する番だ。

「ど、どうした？　そ、そんなに私が嫌か？」

よほど狼狽したのか、彼は椅子を蹴倒して立ち上がり彼女の側に回ってきた。両手で顔を覆って号泣するシャトレーヌの背中を、彼の大きな手がおずおずと撫でる。

「すまない、無理強いしたのか？　私が側室にと望んだ時、お前が受け入れたのは私が皇帝で脅威だったせいなのか？」

シャトレーヌは顔を覆ったまま、首を激しく左右に振る。

「ひぅ、ち、ちがい、ますっ……わた、私……も……っ」

もう顔が涙でぐちゃぐちゃだったが、かまわず顔を上げ傍らのレオポルドを見上げた。

「ずっとずっと好きで……でも、そうじゃなくて……今日お会いして、その……好きじゃなくて……」

「やはり好きではないと……」

レオポルドがみるみる悄然《しょうぜん》としてくる。シャトレーヌはいきなり立ち上がった。その勢いで、身を屈めていたレオポルドの顎に頭が激突しそうになる。

「好きなんてもんじゃ、ありません！　だ、大好き！　大好きなんです！」

ああ言ってしまった。

心の内に秘めておこうと思ったのに、とうとう恥知らずに告白してしまった。

ふいになにか温かく柔らかいもので唇を覆われた。

「ん？」

気がつくとレオポルドの手が腰に回され、引き寄せられて口づけを受けていた。

初めての口づけ。

柔らかな彼の唇の感触。甘いムスクの香り。頬を擽《くすぐ》る彼の金髪。

「ふ……ん、んぅ……」

歓喜と驚愕で全身の血が煮え立ってくる。驚きのあまり目を瞠《みは》っていると、わずかに顔を離し薄目を開いたレオポルドが、低い声でささやく。

「貴婦人は、口づけを受ける時には目を瞑《つぶ》るものだ」

「あ、はい……」

言われた通りに目を閉じると、再びしっとりと唇を奪われる。心臓がばくばくいって、胸から飛び出しそうだ。

ぬるりと彼の舌が唇をなぞった。そんなことをするとは思ってもいなかったシャトレーヌは、びくんと身体を強《こわ》ばらせる。口づけとは、唇と唇を合わせる行為だけではないのか？

「……ふ、ん、ん……」

何度も舌先で唇を舐《ねぶ》られ、思わず息苦しさから口を開けると、今度はするりと口腔《こうこう》になにか押し込まれる。

「う……ぁ、んん、ふっ……」

それがレオポルドの舌だと気がついた時には、彼の舌先が彼女の舌先をくすぐっていた。驚きで塞がれた喉の奥がひくりと鳴った。怯《おび》えて縮こまる彼女の舌を、彼は強引に絡めとり、ちゅうっときつく吸い上げてきた。

「ふぁ……あ、ん、んぅ、ん……」

これが大人の口づけというものだろうか？　激し過ぎて瞼《まぶた》の裏にちかちか火花が散る。信じられない行為だと思うのに、息まで呑み込むような情熱的な口づけに、体温が急上昇する。背中がぞくぞく震え、脚に力が入らない。

怖い。いや違う。心地《ここち》好い。それも違う。なにかめくるめくような不思議な熱いうねりが、シャトレーヌの身体を駆け巡る。床に崩折れてしまわないように、レオポルドのシャツに必死でしがみつく。

「んぅ……ん、んん、ふぅ……」

くちゅくちゅと口腔を舌で掻き回されるたびに、背筋に未知の快感が走り抜け、舌を強く吸い上げられると、頭が真っ白になってしまう。

「……ふ、は……ん、ぁ……」

自分が自分でなくなるような恐怖を感じ顔を捩《よじ》って逃れようとすると、彼の大きな手ががっちりと頭を抱え、もはや好き放題に口腔を舐られてしまう。終《しま》いには全身から力が抜けてしまい、なすがままに長い口づけを受けるはめになった。

「……は、ぁあ……」

永遠と思われるほどの口づけから解放されると、シャトレーヌは、ぐったりと弛緩《しかん》した身体を彼の逞《たくま》しい胸に預けることしかできなかった。

「愛しい私のシャトン――」

レオポルドはシャトレーヌの華奢《きゃしゃ》な身体を抱きしめ、火照《ほて》った頬や額に優しく口づけを繰り返す。

「ぁ……シャトン（子猫）？」

「そうだ、お前は愛らしくて悪戯《いたずら》で柔らかく手触りがよくて、まるで極上の子猫のようだ」

そんな子どもみたいな呼び方なんて――と、抗議しようとする間もなく、再び深い口づけを受けてしまう。

「んふ……ふぅ、んぅ……」

激しく強烈で至福を感じる口づけに、シャトレーヌは頭がぼんやり霞《かす》んで、もう名前のこともどうでも良くなってしまう。いつまでもこの逞しい腕の中で、彼の口づけを甘受していたい。

幸福だ。大好きな人の腕の中で、こんなにもうっとりと口づけを受けるなんて――。

気がつくと口づけがいつの間にか終わっていて、ふっと目を開けると端整な顔がじっと自分を凝視《みつ》めている。彼の深い琥珀色の瞳があまりにも間近にあるので、思わず顔を伏せてしまう。彫像のように端整なこの皇帝と深い口づけを交わしたのだと思うと、胸の動悸が激しくなり息が苦しい。

「シャトン、私は明日には王都に戻らねばならない。帰ったらすぐ、お前を受け入れる準備を整えるので、一週間後に王城へ来なさい」

「い、一週間……？」

そんなに性急に？　と言おうとすると、レオポルドがもどかし気に言う。

「長過ぎるが、仕方ない。側室でもそれなりの手続きは必要だ」

シャトレーヌは口をつぐんだ。彼がそんなにも自分を強く求めているのだと、あらためて気がつかされ、反論することは控えた。しかし、次の彼の言葉には思わず言い返してしまった。

「いずれは国の法を変え、お前を正室、皇后にする」

「ええっ⁉　皇后なんて、む、無理です！」

「無理なものか。私はお前を見初めたときから、そう決めていた」

「え、いや、そ、そんな……わ、私みたいな小娘が……」

おろおろしてしまう。レオポルドと心通わせるだけでも充分幸せなのに、皇后の座まで与えられるというのだ。

「小娘も、いずれは素晴らしい貴婦人になる。いや、私の中ではお前はもうとっくに国一番の貴婦人だ」

「あ、いや、皇帝陛下、それは……なにかの勘違いです、私はそんなたいしたものじゃ、ありません」

自分でなにを言っているのか混乱していたが、さっきまで夢見る田舎貴族の娘だったのが、一足飛びに皇后の位置にまで昇り詰めさせられようとして、動揺せずにいられようか。

「お前のその控え目なところも、可愛い」

「う……控え目じゃなくて……ほんとに、無理です」

レオポルドがくすりと笑った。

「たまらなく可愛いな、シャトン。お前がそうやって赤くなったり青くなったりするのが、まるで万華鏡をのぞいているようで楽しくてたまらない」

シャトレーヌはからかわれているようで、むっとする。本来の負けん気が、むくむく頭をもたげてくる。

「わ、私は玩具《おもちゃ》じゃありません！　皇帝陛下がそうお望みなら、ええ、皇后でも何でも受けて立ちますとも！」

ついにレオポルドはくっくっと身を震わせて笑い始める。

「おおそうやって爪を立ててくるところも、シャトン、可愛いな」

「だから、子猫じゃありませんって……んぅ、ん……」

再びきつく唇を塞がれる。ちゅっと舌を吸い上げられ、ぼうっとしたところで顔を離され、念を押すように言われる。

「一週間後に、王城に来るな」

「は……はい」

ずるい。

こんな甘やかな口づけでごまかされてしまう。

でももう逆らえない。だって、大好きな人なのだから。

「ほんとに、本当に私でよいのですね、皇帝陛下」

「皇帝に二言は無い——それと、陛下はやめろ。私の名前はレオポルドだ」

「ほんとうに……？　レオポルド様」

レオポルドがこつんと額を押し付けてくる。

「ほんとうだとも、愛しいシャトン」

「嬉しい……！」

お返しに自分のおでこをすりすりと彼に擦り付ける。もはやその呼び名すら、甘く胸を掻《か》きむしる。

シャトレーヌの初恋はこうして実ったのだ。

第二章　蕩《とろ》ける蜜月

その後の一週間は、あっという間にすぎてしまった。

「わずか一週間で、王城へ入ってしまうとは……！」

手塩にかけて育ててきた娘のあまりにも早急な皇帝陛下への輿入《こしい》れに、両親は光栄に思いつつも戸惑いと寂しさを隠しきれない。

「そろそろお嫁入りする年頃だと覚悟はしていたけれど、こんな、なんの心づもりもないままいかれてしまうなんて……」

母のソワソン夫人は涙をこらえきれない面持ちだ。

「あなたが晴れてお嫁さんになるときには、あれもしようこれもしてあげようと考えていたのですよ」

そんな母の姿を見ると、恋の成就に舞い上がっているシャトレーヌもしょんぼりしてしまう。

「ごめんなさい、お母様。私も幸せな花嫁姿をお母様にお見せしたかったわ」

確かに皇帝陛下に望まれて王城に入るのだが、今は側室の立場だ。晴れやかな結婚式など、望むべくもない。シャトレーヌ自身は、愛するレオポルドの元にいられればそれで幸せだが、両親の気持ちを思うと、申し訳なさに胸が痛んだ。

しかしさすがに人格者の父ソワソン伯爵は、妻を諭《さと》した。

「お前、シャトレーヌは望まれて皇帝陛下の元へ嫁ぐのだ。陛下なら、私達がしてやれること以上に、もっともっと娘に幸せな思いをさせてくださるだろう。陛下にすべてをお任せし、笑って娘を送り出してやろう。なに、今生の別れでもない。会おうと思えば、いつでも会いに行けるのだから」

その言葉に夫人は涙を拭ってそっと微笑んだ。

「そうですわね、あなた。皇帝陛下以上に素晴らしいお相手がおられるはずもありませんもの。取り乱したりして、申し訳ありませんでした」

夫人はシャトレーヌを抱きしめて、頬に何度も口づけし祝福した。

「愛しい私の娘。どうか末永く幸せになっておくれ」

「ありがとう、お母様、お父様！　私、きっと幸せになります！」

シャトレーヌは涙ぐみながら、母を抱き返した。

かくして一週間後、シャトレーヌは王城からの迎えの馬車に乗り、懐かしい故郷を後にしたのだった。

王都までは馬車で丸二日かかる。前日の夜明け前に屋敷を出立し、二日目の夕刻過ぎる頃にようよう王城に到着した。馬車に揺られ続けたシャトレーヌは、さすがに疲労困憊《ひろうこんぱい》していたが、馬車の窓から石造りの白亜の城が見えてきた時には、喜びと興奮でいっぺんに疲れが吹き飛んだ。

なんと大きな城だろう。

賑《にぎ》やかな王都を見下ろすように丘の上にそびえ立つ王城は、ソワソンの領地の十倍もありそうなほど広大な敷地にあった。堅牢《けんろう》な石造りの建物に高い尖塔《せんとう》がいくつもあり、屋根だけは深い青色で塗られ、荘厳で美しい。

「うわ……すごい……すごすぎる」

自分の予想のはるか上をいく城の壮大さに、シャトレーヌは息を呑む。あらためて、国の頂点に立つ皇帝の権威と権力を見せつけられたようで、全身に緊張が走った。

甘かったかもしれない。

あの田舎の故郷では、何のてらいもなくレオポルドに対峙《たいじ》できたが、今や自分は身一つでこの国の象徴と権威の中に飛び込むのだ。もしかしたら、レオポルドも皇帝然とした厳めしい態度に戻っているかもしれない。

どうしよう、怖い、逃げたい。

「ソワソン伯爵御令嬢、王城の正面玄関に到着しました。どうぞ、下車なさいませ」

馬車の扉が開き、馬車のお付きの侍従が赤いクッションの踏み台を足元に設置してくれる。その侍従の手を借りて、そろそろと馬車を降りる。

「わ……!」

顔を上げて、思わず仰け反りそうになる。

目の前は、精緻な彫刻を施した何本もの高い円柱に支えられた、ドーム式の大コロネードだった。列柱はどこまでも先に繋《つな》がり、青と白のモザイクの模様の広い廊下は、磨き上げられて顔が映りそうなほどぴかぴかしている。この廊下だけで、ソワソンの屋敷がいくつも建てられそうなくらいだ。

あまりのスケールの大きさに、シャトレーヌはめまいがしてくる。

「どうぞ、奥の間で皇帝陛下がお待ちかねです」

いつの間に現れたのか、列柱に沿って、白い鬘《かつら》を被った金ぴかのお仕着せ姿の侍従達がずらりと立ち控えている。

「お、おお、奥の間……」

いやこの廊下の長さでは、奥の間とやらに行き着く前に卒倒しそうだ。脚ががくがく震えてくる。無理だ。ここは自分の器ではない。

「あ、あの、私、あの、わ、忘れ物、あ、屋敷に、忘れ物して……」

もごもごと口の中でつぶやくと、シャトレーヌはくるりと踵《きびす》を返して馬車の中に逃げ込もうとした。

その時だ。

「シャトン！」

張りのあるテノールの声が、広い廊下にうわんと反響した。

「え？」

もはや涙目になって肩越しに振り返ると、コロネードの向こうからかつかつと長靴の音を響かせて、長身の男が駆けてくる。

豊かな金髪をなびかせ、金モール入りの青い礼服とぴったりした脚衣に革の長靴。白皙《はくせき》の顔をわずかに上気させ、風のようにこちらへ向かってくる。

「……レオポルド、様……」

どっと歓喜と安心感が襲ってくる。

考えるより早く身体が動いていた。シャトレーヌは夢中になって彼の方へ駆け出した。

「可愛いシャトン！　待ち焦がれたぞ！」

レオポルドが長い両手を拡げる。白い歯が見える。

笑っている。懐かしい笑顔。変わらない笑顔。

「レオポルド様ぁ！」

シャトレーヌは彼の胸に飛び込むように抱きついた。

「シャトン！」

彼の逞しい腕がぎゅうっと抱きしめてくれる。とたんに全身からくたりと力が抜けた。彼の甘いムスクの香りを胸いっぱいに吸い込み、端整な顔に頬を擦り付ける。

「ああ、私、来ました、ここへ。一人で来ました！」

「よく来た。一日千秋の思いでお前を待っていた。本当にこの手に抱くまで、毎日が不安でたまらなかったぞ」

耳元で低くささやかれ、目を瞠ってまじまじと彼の顔を見る。

「ふ……安？　レオポルド様が？　まさか？」

琥珀色の目が優しく眇められる。

「まさかではない。お前の気が変わり、やはり嫌だとだだでも捏《こ》ねられたら、どうしようかと思っていた」

シャトレーヌは胸がじんと熱くなる。

なんだ、彼も同じように不安だったのだ。なにを今まで怯えていたのだろう。レオポルドがいれば、なにも怖くない。彼さえいれば、恐れるものなどありはしないのだ。ただ、彼を信じていればいいのだ。安堵《あんど》のあまり、鼻の奥がつんとしてくる。

「私……私、もうレオポルド様しか、いません……私……」

ほろほろと涙がこぼれてしまう。白い頬に伝う涙を、彼の大きな手がそっと拭ってくれる。

「ああ泣くな。お前が泣き虫なのはよくわかっている。お前の涙を見ると、私はどうしていいか途方に暮れてしまう。泣かないでくれ」

そう優しくされると、ますます泣けてくる。こんな広大な城の主が、一国の皇帝が、自ら出向いて自分を迎えてくれる。涙を拭ってくれる。嬉しくてこそばゆくて幸せで、やっぱり泣いてしまう。

「好き、レオポルド様、大好き……」

しゃくり上げながらつぶやくと、彼の唇がそっと鼻先に触れた。

「私もだ、愛しいシャトン」

そのまま唇が重なる。

「ん、ふ……」

彼の舌が唇を割って侵入してくると、それを受け入れるようにそっと自分の舌を差し出す。

「……んぅ、ふぁ……ぁ」

くちゅくちゅと舌と舌が擦れ合うと、全身にじんと甘い痺れが走り、頭がぼうっと霞んでくる。ちゅっちゅっと何度もきつく舌を吸い上げられ、すっかり骨抜きになってしまう。

「は……ふぅ、は……ぁ」

くったりと彼の胸に身体を預けると、そのまま軽々と横抱きに抱き上げられた。

「あ……」

あわてて彼の首にしがみつく。

「今宵《こよい》は姫君を我が寝所にお迎えする。警邏《けいら》の者以外、立ち入らぬよう」

レオポルドが周囲の侍従達をぐるりと見渡して、声を張り上げる。

「かしこまりました」

侍従達がいっせいに頭を下げる。

その時やっとシャトレーヌは、衆人環視の中で口づけを交わしていたことに気がつき、顔から火が出そうだった。


レオポルドはシャトレーヌを抱きかかえたまま、さっさとコロネードの奥へ歩き出す。

途中、警邏の兵が守る幾つものドアを抜け、鏡張りの広間や、荘厳な宗教画が天井に描かれている控えの間などを抜けていく。

「お前の部屋は、城の最上階の一番日当りのよいところに作らせた。だが今宵は、私の部屋においで」

歩きながらレオポルドが言う。

「はい……」

シャトレーヌは高い天井や豪華な調度品、クリスタルのシャンデリア、精緻なステンドグラスの窓、見事な絵画など、目にしたことのないものの連続に目を奪われ、上の空で返事をした。

赤い絨毯《じゅうたん》の敷かれた中央階段を昇った三階全部が、レオポルドの私室にあてられていた。

重々しい樫《かし》のドアの中に入ると、広い応接室になっている。ソファもテーブルも高価そうだが、過剰な装飾はなにもなく思ったよりずっと簡素な印象だ。

「客人を通す部屋はみな、贅《ぜい》を尽くしている。プローゼ国の威信を示すためにな。だが――」

ふーっとレオポルドが深いため息をつき、肩の力を抜く。

「私室は質素でよい。国の税金を使うのだからな」

シャトレーヌはレオポルドの何気ない言葉に、彼の清廉な人柄を感じますます心魅《ひ》かれた。

「さて、長旅で姫君も汗をかいただろう。湯浴《ゆあ》みをするといい」

シャトレーヌはあらためて、着たきりのドレスが少し汗ばんでいるのに気がつく。

「それはありがたいです、ぜひ！」

「うむ、ではお連れしよう」

横抱きにされたままシャトレーヌは、応接間の次の部屋に連れていかれた。

そこは寝室のようで、部屋の中央にどっしりとした天蓋付きのベッドが置いてある。すでに寝る仕度がされているのか、窓の厚いカーテンは閉じられ枕元の小卓に銀のオイルランプが瞬いている。寝所を抜けた次のドアが、浴室だった。寝所と対照的に、そこには煌煌《こうこう》と燭台の灯《あか》りがいくつも点《とも》っている。

「わあ、広い……」

広々とした浴室は大理石造りだ。浴槽は獅子《しし》脚の大きな黄金の浴槽。そこにたっぷりと薔薇の香りのお湯が張ってある。傍らの大理石の卓には高価なオリーブ石鹸《せっけん》と海綿が用意されている。

「私の自慢の浴室だ。心も身体も癒《いや》されるぞ。では——」

レオポルドがゆっくりと彼女を降ろした。

「まずはその汗臭いドレスを脱ぐがいい」

「はい」

シャトレーヌはそのまま彼が退出するのを待った。

ところがレオポルドは腕組みをしたまま、いっこうに出て行く気配がない。

「あ、あの……っ、脱ぎますからっ」

促すように言うと、彼は気がついたように目を見開き、うなずく。

「ああすまぬ、気がつかなかった。後ろを向いていよう」

そのままくるりと背中を向ける。

「え？　ええ？」

シャトレーヌは目を丸くする。彼は出て行く気などさらさらないのだ。どういうことだろう。

そういえば、王都の高貴な貴族達は人前で肌を見せることに躊躇《ちゅうちょ》しない、と聞いたことがある。

レオポルドも女性の着替えなど気にしないのだろうか。いつまでもそこに立ち尽くしているわけにもいかず、彼の背中を伺いながらそっとドレスを脱ぎ始めた。

全裸になると、彼に気づかれないように急いで浴槽に近づき、足先から滑るように身を沈ませる。薔薇の香りのする湯は程よい温かさで、じんわりと身体に染みて疲れがみるみる消えていくようだ。目を閉じて両脚をゆったり伸ばし、浴槽の縁にうなじをもたせかける。

「ああ……気持ち、いい……」

あまりの心地好さに思わず声が出た。

「そうか、湯加減はいいか？」

レオポルドの声が頭の上から振ってきたので、驚いて顔を上げると、浴槽の側に立った彼がまともに自分を覗《のぞ》き込《こ》んでいる。

「きゃ、きゃあっ」

ばしゃっと湯を跳ね散らかして慌てて身体を丸めた。

「では私が洗ってやろう」

シャトレーヌは目をぱちくりする。彼は冗談を言っているのだろうか？

「あ、あの……自分で洗えますからっ」

シャトレーヌは両手で胸元を覆い隠して、浴槽の中で顔を伏せる。もう早く出ていって欲しい。いくら豪華なお風呂とはいえ、側でレオポルドが凝視《み》ていてはちっとも寛《くつろ》げない。

「ん？　背中までは手が届くまい」

レオポルドはシャツの袖を捲《まく》り上げ、小卓の上の真新しいオリーブ石鹸を取り上げる。どうやら彼は本気でシャトレーヌを洗うつもりらしい。大きな掌《てのひら》の中で海綿を泡立てる。ふわふわしたクリームのような泡がたっぷり立ったところで、レオポルドがこちらを向く。

「そら、その手を下ろせ」

いやいやと小刻みに首を振る。恥ずかしくてもはや泣きそうだ。しかしレオポルドは平然としている。親切なのか嫌がらせなのか、判然としない。おそらく親切なんだろう。気持ちはありがたいが、明るい浴室で全裸を晒《さら》すこちらの気持ちも考えて欲しい。

しかたなくそろそろと両手を降ろし、膝を引きつけてなるだけ身体を丸める。ぬるめのお湯なのに、頭が煮えそうにのぼせている。彼の手がゆっくり首筋や肩に泡を塗り付ける。高級オリーブのよい香りが漂う。柔らかな海綿でぬるぬる擦られると、意外にもひどく心地好い。

「陶磁器のようにすべすべした肌だな」

レオポルドは感嘆したようにつぶやきながら、彼女の細い腕を持ち上げ指先まで丁重に擦る。無骨そうな指が思った以上に繊細な動きをするので、シャトレーヌは次第に心が落ち着いてくる。程よく温かい湯と優しいマッサージに、羞恥心が少しずつ薄れていく。

「どうだ？　気持ち好いか？」

聞かれてこくりとうなずく。

「はい……」

レオポルドが嬉しげに目を細める。大きな掌が背中を擦り出す。彼の長い指先が、薄い背中の貝殻骨をゆっくりと辿《たど》る。

「なんと華奢で儚《はかな》げな背中だ——私が守ってやらねばな」

彼の愛おしそうな声に、シャトレーヌは心臓がことんと揺れる。一国の皇帝に身体を洗わせるなんて不敬きわまりない。けれど、こんなに大事に扱われると、まるで自分が高貴なお姫様になったみたいで心が浮き立ってくる。レオポルドは、手に入れたばかりの珍しい子猫の世話に夢中になっているだけなのかもしれない。お風呂にいれて洗うなんて、まるで愛玩動物のようだもの。それでも嬉しい、と素直に思う。ここまでがなにもかも夢みたいだった。だから、もっと夢を見させて欲しかった。

「あっ」

ぼうっと物思いにふけっていたシャトレーヌは、ふいに乳房をぬるついた手で撫で回され、びくんと身体を引《ひ》き攣《つ》らせた。

「柔らかい——可愛い胸だな」

まろやかな乳房は、レオポルドの大きな掌の中にすっぽりとおさまった。普段から子どもっぽい体型だという劣等感に苛《さいな》まれているシャトレーヌは、気後れしてしまう。華奢な手足も、育ち切っていない胸も小さめの尻も、皇帝陛下の前で晒すような身体ではない、とあらためて思う。

「すみません……お乳が……小さくて」

消え入りそうな声で謝ると、レオポルドが面白そうな表情で首を傾ける。

「おや？　胸の大きさなど気にしているのか？」

シャトレーヌは耳朶《みみたぶ》まで真っ赤になる。

「だって……初めてお会いした時、子どもと間違えたじゃないですか」

少しむくれて言うと、レオポルドがかすかに微笑《ほほえ》む。ザクスンでの出会いを思い出しようだ。

「ふむ。ドレス姿だと本当にあどけなく少女のようだからな。だが、こうして脱がせてしまうと、ちゃんと育っているとわかる。心配するな」

彼は背後から胸の膨らみを掴むと、赤い乳首を指の間で挟み込んできゅっきゅっと揉んでくる。

「あっ……ぁ」

先端からちくんと甘い疼きが走り、変な声が漏れてしまった。

「可愛い声を出す。もっと聞きたい」

レオポルドは両手で乳房を包み込み、円を描くようにやわやわと揉みしだきながら、乳首を指の腹で擦ってくる。そうされると、どういうわけか赤い突起が芯が通ったように凝り、くん、と頭をもたげてくる。そして、硬く立ち上がった乳首を指できゅっと摘《つ》まみ上げられると、ぞくりと怖気《おぞけ》のような喜悦のような不可思議な感覚が身体の中心に走っていく。

「……は、や……そこ、い、弄らないで……やぁ……」

生まれて初めての陶酔感に、身を捩《よじ》って彼の腕から逃れようとする。しかしかえってぎゅっと手に力を込められ、痛いほど揉《も》み解《ほぐ》されてしまう。その上に彼の端整な顔が近づき、うなじに優しく口づけしてくる。ぞわっと悪寒のような震えが背中を走る。

「や……あ、だめ……っ」

ひりつくような甘い疼きが高まっていく。なんだか下腹部の奥がうずうずする。彼の指が乳首を捻《ひね》り上げると、自分のあらぬ場所がひくんと蠢《うごめ》くのがわかる。

「れ、レオポルド……さま、も、お戯れは……どうか……」

潤んだ瞳で肩越しに訴えると、彼の琥珀色の瞳が恍惚として熱っぽく見返す。

「可愛すぎるな、シャトン。そんな目で見られたら、今すぐここで私のものにしたくなる」

「……え、え？　そんな、の……うそ……あっ」

ひっきりなしに乳首を弄られ、下腹部の疼きがどこからくるのかもはや明白になった。自分の恥ずかしい部分の奥だ。そこが、なんだか熱くむず痒《がゆ》いような焦《じ》れったいような感覚に蠢動《しゅんどう》しているのだ。しかもお湯ではない、なにかぬるぬるした感触までする。

恥ずかしくてもじもじ太腿を擦り合わせると、レオポルドの片手が伸びて膝から内腿のあたりを撫でてくる。そのまま脚の付け根を掌が撫でる。

「ぁ、あぁ、あ……」

ざわざわと不可思議な疼きが下腹部を駆け巡り、恥ずかしい部分が痛いくらいにじんじんする。

「薄い茂みだ」

長い指が湯にゆらめく恥毛を掻《か》き分《わ》け、そろっと秘密の割れ目をなぞった。

「わっ、きゃっ」

思わず悲鳴を上げて身を起こそうとして、盛大に水しぶきを上げてしまう。ざばっとレオポルドに大量の湯がかかった。

「……あ、すみませんっ」

「かまわん、風呂場で濡れるのは当たり前だ」

彼はぽたぽた顔に垂れかかる水滴を、手で無造作に拭った。長い金髪が濡《ぬ》れて端整な顔に張り付いている様は、ぞくりとするほど妖艶だ。恥ずかしいのも忘れて、うっかり見惚《みと》れてしまう。

「では濡れついでだ。私も湯浴みするとしよう」

そう言うや否や、レオポルドは濡れたシャツをぱっと脱ぎ捨てた。

「きゃ……っ」

引き締まった上半身が露《あら》わになり、シャトレーヌは慌てて顔を伏せる。一瞬目にした彼の肉体は頑強で筋肉質で、戦う騎士の身体をしていた。彫像のような鑑賞用ではない、荒々しく迫力があった。恥ずかしいのになんだか身体が興奮して、心臓がどくどく音を立てて脈動する。

「そら、少し場所を空けろ」

ふいにざんぶとレオポルドが浴槽に入ってきた。シャトレーヌの背後に回るようにして、彼が湯に身を沈めてくる。本当に一緒に湯浴みするつもりなのだ。男女が、裸で一緒に湯浴みするなんて、そんなはしたないことを！　信じられない行為に、頭がくらくらしてくる。

「ええっ？　一緒に、入るのですか？　あ、私は……も、もう、出ますから……」

慌てて両手で胸を覆って立ち上がろうとすれば、ぐっと長い両手に抱きすくめられてしまう。彼の硬い筋肉が背中にぴったりと触れ、びくんと身を竦《すく》ませてしまう。

「先ほどから――お前はなぜそんなに狼狽《うろた》えているのだ？」

ぎゅっと背後から抱きしめたまま、レオポルドが耳元で不審そうな声を出す。

「え、だ、だだって、だって、裸、ですよ。裸を、男女が晒し合うなんて、そ、そんなふしだらなこと、だめです。た、たとえ皇帝陛下であろうと……」

くくっと彼が含み笑いした。

「シャトン、男に嫁ぐということは、ふしだらなことをするためではないのか？」

「う……え？　で、でも、でもそれは、その、あの、寝所の中であの……ええと、なんだかんだ、するということでは？」

するとレオポルドが困惑したような声を出す。

「シャトン、お前は母上から、嫁ぐ際の娘の心得を手ほどきされていないのか？」

「え？」

シャトレーヌは首を傾ける。

王城に赴くまでにわずか一週間しかなかった。

ばたばたしているうちにあっという間に出立の日になってしまい、母と娘がまともに話ができたのはわずかな時間であった。その際に、母は言った。

「いいですか、愛しいシャトレーヌ。閨《ねや》では皇帝陛下にすべてお任せして、なにをされてもじっと耐えるのですよ」

それだけはしっかりと覚えている。だからきっと、寝所ではなにごとかあるのだろうと覚悟はしていた。だが、その詳細はほとんどまったくわからない。うすらぼんやり、裸になって一緒に寝るのだろう、程度の認識しかない。

「あの……母は、皇帝陛下のいう通りにしなさい、と申しました」

ふーっと耳元で深いため息をつかれた。それから彼の手が愛おしげに濡れた栗色《くりいろ》の髪を撫《な》で付《つ》ける。

「そうか――お前は両親に、手中の珠《たま》のように大事に育てられたのだな。無垢で初心《うぶ》な私のシャトン。性急なまねをして悪かった。お前を怯えさせるつもりはなかったのだ」

こんなにおろおろしてしまって、なにか失望させてしまっただろうか。シャトレーヌはちらりと肩越しにレオポルドを見上げた。だが彼は穏やかな顔でこちらを凝視《み》ている。

「心配するな。もうここではふしだらなことはしない。ただ、しばらくこうやって寄り添っていよう」

「はい」

少しほっとし、彼の広い胸板に背中をもたせかけて身体の力を抜く。彼の手がそっと包み込むように抱いてくれる。ほどよい温《ぬく》もりと甘い薔薇の香料のせいで、少しうとうとするくらいに気持ちが安らいだ。


風呂から上がると、洗面所にある樫の衣装箱に真新しいドレスが何着も用意されていた。

「お前のために急ぎ仕立てさせた。サイズが合うといいのだが」

ゆったりした絹のシャツと脚衣に着替えたレオポルドが、自分で衣装をあれこれ吟味する。

「うん、これがいい。これに着替えなさい」

彼が差し出したのはフリルをふんだんにあしらったベビーピンクのドレスだ。とても可愛らしいデザインだが、シャトレーヌは内心、まだ子ども扱いされているのだわと思う。確かにこのドレスは自分によく似合うだろうが、妻として嫁いできたからには、もう少し大人っぽい装いをしたかった。

だがレオポルドはくるりと背中を向け、彼女の着替えを待ち受けている。まあいいだろう。レオポルドが気に入っているのだからは文句はいうまい。

着替えてみるとサイズは測ったようにぴったりで、極上の絹織りのドレスは羽のように軽く、スカートは大輪の花のように美しく拡がる。

「あの、どうでしょうか？」

声をかけると、レオポルドがぱっと振り返った。みるみる彼の琥珀色の目が輝く。

「おおよく似合っている。薔薇の妖精のようだ。食べてしまいたいくらい可愛いぞ」

てらいもなく誉《ほ》められ、先ほどの不満はどこへやらシャトレーヌはにっこり笑って、スカートを大きく拡《ひろ》げてくるりと回ってみせる。するとレオポルドがさっと彼女を抱き上げた。

「ああだめだ、だめだ。そんなに愛らしい仕草をしては。私がたまらない」

湯上がりのすべすべした頬に、ちゅっと口づけされる。

「早くお前が欲しいが、その前に食事にしよう」

そう言われると、昼からなにも口にしていないことに気がついた。思わずお腹《なか》がキューッと鳴った。

「あっ……」

どうしていい雰囲気になると、自分は間の抜けたことをしでかしてしまうのか。耳朶まで真っ赤に染めて顔を覆うと、レオポルドがくすくす笑いながら歩き出す。

ドアが開いたとたん、馥郁《ふくいく》たる香りが鼻腔《びこう》を襲い、シャトレーヌのお腹が再び可愛らしく鳴った。

抱かれたまま、応接室の次の間にある、食堂へ連れていかれた。

「よいよい。お腹を空《す》かせた子猫に、美味しい食事を用意させたぞ」

こじんまりした食堂だったが、テーブルも椅子も白に統一され清潔で落ち着いた雰囲気だ。

そして、テーブルの上に、所狭しと豪華な食事が並んでいた
ポタージュ。ウズラの詰め物焼き。鳩肉のパイ。白鳥のロースト。トリュフを詰めた七面鳥の炙《あぶ》り焼き。子牛のソテー。色取り取りのサラダ。果物。薄切りのパン。砂糖漬けの果物。マフィン。肉のペースト。ジャム。チーズ。タルト菓子——。

「うわあ、すごいごちそうです！」

目を丸くしていると、レオポルドは彼女を抱いたまますとんと椅子の上に腰を下ろした。

「さて、なにから食べたい？」

ふいに聞かれて、慌てて彼の膝から降りようとする。

「あ、私、こっちの椅子に座りますから」

すると彼の顔がむっと曇り、シャトレーヌの細腰を引き寄せる。

「私から離れたいのか？」

「そ、そうじゃありません。ありませんけど、殿方の膝の上に座ったまま食事なんて、赤ちゃ

んじゃないんだし……そもそもはしたなさ過ぎます」

　するとレオポルドはしれっと言う。

「夫婦になるということは、はしたないことをするということだ」

　シャトレーヌはぐっと詰まる。

　なにか意味が違うと思うが、自分の倍の年の彼が言うことなのだ。そういうものなのかもしれない。でも、母が父の膝に座って食事をしているところなんか、見たことないけど——。

　うろうろ考えていると、ふいに口元にふんわりした甘い香りのデニッシュの切れ端を押し付けられた。思わずああんと口を開けて受け入れてしまう。

「……柔らかい！」

「そうだろう。王都の周りは土壌が肥えている。極上の麦が採れる」

　レオポルドは手にしたデニッシュを千切っては、シャトレーヌの口に押し込む。

「む……むく……ん、ごく……」

　夢中になって呑み下す。デニッシュが終わると、次は鳩肉、次はウズラ——次々ごちそうが口に運ばれる。

　いけないいけない、こんな小さな子どもみたいに皇帝に食べさせてもらうなんて、あんまり恥知らずではしたない——頭の隅で理性がしきりにささやきかけるのだが、一方でレオポルドがいいというのだから、好きなだけ甘えてしまえ、という悪魔のささやきも聞こえてくる。

「お前は本当に美味《おい》しそうに食べる。そんな風に嬉し気に食べられたら、どの料理もさぞや誇らしいだろう」

時々自分の口にも料理を運びながら、レオポルドは楽しそうにうなずく。

「そら、この人参《にんじん》のキッシュも美味《うま》いぞ」

どんどん口におしつけられるので、もはやかなり満腹になっている。

「あ、あの、そんなに食べられません」

「なにを言うか、食べねば胸も尻も育たんだろう」

気にしていることを平気で言う。ちょっと意地悪をしたくなり、口に押し込まれた彼のきれいな指先を、軽く前歯で噛《か》んでやる。

「――っ」

レオポルドがはっと手を止める。してやったりとほくそ笑むと、彼は噛まれた指先をまじまじ見て、なんだかむず痒《がゆ》そうな顔になる。レオポルドは軽く咳払《せきばら》いすると、白い皿に盛られたなにやら茶色のレバー系の料理を引き寄せた。

「さて、これが珍味なのだ」

シャトレーヌはうろんな目つきで皿の上の料理を見る。

「それ、なんですか?」

「鴨《かも》の肝だ、フォアグラという」

「えー……」

ソワソン家の食卓でも鳥のレバーはよく出たが、固くて臭みが強く、シャトレーヌはあまり好みではなかったのだ。

「あの、いいです、それは。私もうお腹いっぱいだし……」

両手を振って断るのに、レオポルドは行儀悪く手づかみでその肝の一片を摑う。

「いやこれは断じて食べてもらう。皇帝命令だ」

さきほどの仕返しだろうか。人が悪すぎる。レオポルドは強引に肝の塊を口元に押し付ける。

「やだもう……ひ、一口だけですからねっ」

口を開けて息を詰め、一気に飲み下す。

と——。

「っ……美味しい……！」

蕩けるようなフォアグラの風味に目を丸くする。

「どうして？　どうして？　まるでクリームかバターみたいに口の中で溶けてしまいます」

子どものようにつぶらな瞳をきらきらさせて驚く彼女に、レオポルドは満足げにうなずく。

「城に専用の家鴨《あひる》小屋がある。そこで飼われた家鴨が、皇帝にだけ供出されるのだ」

彼は指先にたっぷりフォアグラを摑うと、シャトレーヌの口元に再び押し付ける。

「そら、好きなだけ食すがいい」

自分で食べるから――と言いかけたが、彼がひどく楽しげな顔をしているので、気分を害させたくない。仕方なく再びああんと口を開ける

「んぅ……ん」

口いっぱいにフォアグラを詰め込まれ、目を白黒にして呑み込む。油で濡れ光る赤い唇の端から垂れた食べこぼしを、レオポルドが指で拭ってそのまま自分でぺろりと舐めた。その仕草があんまり色っぽくて、シャトレーヌは気を取られて咳《せ》き込《こ》んでしまう。

「ふぐ……ぅ、ごほ、ごほ……」

「大丈夫か、そんなにあせらずともたっぷりあるから」

彼が背中を優しく擦ってくれる。こんな赤ちゃんみたいに扱われて、それが腹立たしいどころか嬉しくてしかたないなんて、自分もどうかしている、と心の隅で思う。

「さあ、こちらを向け」

小さな顎を指で持ち上げられ、上向きにされる。

「ふ……?」

ふいに唇を奪われ、はっと思った瞬間なにかとろりとした液体を口移しにされる。蜂蜜みたいに甘い。だがもっと芳醇《ほうじゅん》で大人の味がする。

「んん……」

こくりと喉を鳴らして呑み込む。口腔《こうこう》から鼻腔に濃厚な香りが抜ける。お腹の中がじんわり

暖まってくる気がする。

「どうだ？　咳《せき》がおさまったか？」

「い……まの？　甘くて美味しい……」

「外国産の蜂蜜酒だ。皇帝でも年にひと樽しか手に入らない貴重品だぞ」

レオポルドは硝子《がらす》切り子のグラスに注いだ黄金色の蜂蜜酒をもうひとくち口に含み、再び顔を寄せてくる。

「ん、ごく……んぅ」

呑《の》み干《ほ》すと同時に、軽く舌を噛まれた。かあっと全身が熱くなる。そのまま彼の舌が口腔を撫で回すと、頭がぼんやり霞んでくる。蜂蜜酒の酔いがあっという間に回ってしまったのか。

「う……ふぅ、ん、んんぅ……」

歯茎から歯列、口蓋、喉の奥までぬるぬると彼の舌になぞられ、背中がぞくぞく震えてしまう。その背中を大きな掌が優しく撫《な》で擦《さす》る。お風呂で温まり、美味しいごちそうをお腹いっぱい食べ、満足しきっているはずなのに、まだなにかが足りなくて縋《すが》り付《つ》くようにレオポルドの首に両手を回す。差し出される彼の舌を、思い切って自分からちゅっと吸い上げてみる。すると背中を抱く彼の腕に力がこもる。お返しとばかりに、舌を絡められ魂まで吸い上げられるような激しい口づけをされる。

「……んぅ、んんぅ、く……るし……」

息が出来ない。口の端から飲み下せない唾液が溢《あふ》れてくる。その唾液をレオポルドが音を立てて啜《すす》り上げる。身体がふわふわして、ぼうっと心地好くなる。長い口づけの後、ちゅうっと音を立てて唇が離れ、レオポルドの知的な額がこつんとシャトレーヌの小さな額に合わさる。

「――シャトン。お前が欲しい。お前の全てが欲しい――」

「……れ、レオポルド様……」

耳朶《みみたぶ》の奥で心臓がどくんどくんうるさいほど早鐘を打つ。

「今夜、お前を私のものにしてもよいか？」

極度の緊張で気が遠くなる。

「は、い……」

消え入りそうな声で答えるのが精一杯だ。

食事を終え、レオポルドはシャトレーヌに気を使ったのか、先に寝室へ引き揚げた。

「待っているから、仕度をしておいで」

洗面所で白絹の寝間に着替え、顔を洗い、髪を梳《くしけず》った。鏡に映った自分としっかり目を合わせる。少し青ざめている。両手でぴたぴたと頬を叩《たた》いて、ほんのり血の気を出す。潤んだ緑の瞳をじっと見つめ、自分に喝を入れる。

「よし！」

なんだか決闘にでも行くような心持ちだが、大事な初夜だ。しかもシャトレーヌ自身はなにをどうしていいやら見当もつかないのだ。ただレオポルドを信じ、彼に身を任せるしかない。

知らないことがとても怖い。

でも一方で、わくわく期待している。

ついに、とうとう、愛する人と契りを交わすのだ。

名実共に大人になるのだ。

シャトレーヌは鏡を一瞥《いちべつ》してから、寝所へ向かった。寝所のドアの前で深く息を吸い、そっとノックする。

「シャ、シャトレーヌです」

「入れ」

低い艶っぽい声が中から答える。

シャトレーヌは震える手でドアノブを握り、ゆっくりと扉を開いた。


「――――ん……」

ふわりと身体が水に浮かぶように、目が醒《さ》めた。

まだ部屋の中は薄暗い。厚いカーテンがぴったり閉じているせいもあるだろうが、小鳥の囀《さえず》りも聞こえず周囲が深閑としているということは、まだ夜明け前なのだろう。

疲労困憊して眠りに落ちてしまったが、初夜の緊張が解けずに眠りは浅かったらしい。

「あ……」

顔を傾けると、すぐ側にレオポルドの寝顔があった。豊かな金髪が波打ってシーツに拡がり、眠っているときでさえ彼は神々しい。逞《たくま》しい腕が自分のうなじの下に回されている。広い彼の胸に顔を埋めて眠っていたのだ。

なんてきれいな顔をしているのだろう。でもシャトレーヌが魅かれたのは、ただ端整なだけではなく、精悍《せいかん》で野性味に富んでいるところだ。こうして間近に見れば、戦で負傷したのだろうか目尻にわずかに三日月型の傷跡が残っている。自分より倍も年上のためだろう、彼の顔には今までの彼の生き様のようなものがくっきりと刻まれていて、それがいぶし銀のような魅力を与えているのだ。でも、今こうして無防備に眠りを貪っている彼は、少年のようにあどけなくもあり、また彼の新たな魅力を発見したようで、シャトレーヌは心躍らせてしまう。

それにしても、初夜の行為は嵐に巻き込まれたように激しかった。

こうして静かに寝息をたてているレオポルドが、名前のごとく獅子のように自分の身体を喰《く》らっていったのだ。だんだん頭がはっきりしてくると、下腹部にわずかに鈍痛が残り違和感があるのを感じる。

あんな大きくて長大な欲望が、自分の中を貫いていったのだ——。

破瓜《はか》の瞬間――。

彼の熱く滾《たぎ》った欲望が侵入してきた時、身体がめりめり音を立てて引き裂かれるかと思った。

「うぁ、あ、痛……っ、やぁ、だめ、だめぇ、抜いてっ」

狭隘《きょうあい》な粘膜が太い肉茎に押し広げられ、蜜口が切れそうなほど引き攣っている。

「可愛いシャトン、もう、遅い」

シャトレーヌに覆《おお》い被《かぶ》さっているレオポルドが、唸《うな》るような低い声で言う。そしてそのままぐぐっと腰を突き入れてきた。

「つぅ……むり、も、むり、あ、あぁあ、やあぁ」

痛い、怖い、無理だ、堪えられない。結ばれるということが、こんなにも苦痛な行為だとは思いもしなかった。でも、レオポルドがこれを望んでいるのだ。シャトレーヌは歯を食いしばって、必死で悲鳴を噛《か》み殺《ころ》す。知らず知らず、彼の背中に力任せに爪を立てていた。

「――ふ、シャトン、狭いな。そんなに力を入れられては、とても進めない」

レオポルドが動きを止め、ゆっくり腰を引く。蜜口の浅瀬まで亀頭を戻し、そこでくちゅくちゅと柔らかく掻《か》き回《まわ》した。

「ん、んぁ、あ……ん」

指で慣らされていた花唇は、ゆるやかにほころんでいく。充分濡れたと確認すると、再びレオポルドはゆっくりと挿入を開始した。

「シャトン、可愛い私のシャトン、息を止めずに、ゆっくり吐いてごらん」

「あ、はい……こ、こう、ですか？」

励まされるように声をかけられ、食いしばっていた唇を緩め、ふうっと深く息を吐く。すると全身の強ばりがわずかに解け、灼《や》け付くような肉棒がぬるりと奥へ侵入してきた。

「あっ……っ」

ぐぐっと柔襞が拡げられ、巨大な塊がずくりと最奥まで埋め込まれた。自分でも信じられないが、長大な肉楔が根元まで呑み込まれたのだ。

「これで——お前は本当に私のものだ」

動きを止めたレオポルドは、しみじみした声を出す。隙間なくみっちりとレオポルドの欲望で満たされているのがわかった。自分の中で別の熱い脈動を感じ、その熱が全身にじわじわと拡がって、不思議な高揚感を生み出す。

「ふぁ、あ、レオポルド、様が、いっぱい……」

苦しくて胸がせつなくて辛いのに、大好きなレオポルドととうとう結ばれたという歓喜で、初心襞がひくひくひく蠢く。

「動くぞ、シャトン、しっかり私にしがみつけ」

声をかけると、レオポルドはゆっくりと腰を穿《うが》ち始める。

「ひう、あ、だめ、やぁ、壊れ……ちゃ……う」

あまりの衝撃に、シャトレーヌは悲鳴を上げて彼の肩に縋り付く。膨れた先端が最奥を抉《こ》じ開《あ》けるように突いてくる。レオポルドは亀頭の括《くび》れまで引き抜くと、再び最奥まで貫くことを何度も繰り返す。

「やぁ、も、しないで、あ、ぁあ、ああっ」

堪えていた涙がぽろぽろと溢《あふ》れ出《だ》す。

「シャトン、シャトン、私のシャトン、可愛いシャトン」

レオポルドは繰り返し名前を呼びながら、シャトレーヌの涙を唇で受け、紅潮した頬や鼻梁《びりょう》や唇に口づけを繰り返す。

「……んぅ、あ、あぁ、うぅあ、あぁ……」

いつの間にか灼け付くような痛みより、疼《うず》くようなせき立てられるようなぞくぞくした痺れが下腹部を支配する。それとともに、じゅぷじゅぷと肉茎と粘膜の擦れる淫らな音が大きくなってくる。

「ああ滑りがよくなってきた――シャトン、まだ痛いか?」

律動を繰り返しながら、レオポルドが深い息をつく。

「ん、あ、わ、わかんない……です、なんだか、私……んぅ、んん、ぁ」

媚襞を擦られる感覚に、ぞくぞく腰が震えてくる。最奥をぷちゅりと突かれるたびに、脳裏に火花が散る。それはもはや苦痛ではなく、甘やかに身体が燃え立つような不思議な感覚だ。

「可愛い声が出てきたな——もっと泣け」

ふいにレオポルドはシャトレーヌの膝裏を抱え上げ、太茎をさらに深々と突き立ててきた。

「ひゃう、あ、やぁっ、こんな、格好……っ」

両脚が大きくM字型に開き、あまりに卑猥《ひわい》な体位にめまいがする。今やレオポルドは欲望のままに、激昂《げきこう》したように抽挿を繰り返してくる。

「んんぅ、あ、壊れ……そん、なに……あぁ、ひぁあっ」

彼の腰の動きに合わせて、華奢《きゃしゃ》な身体ががくんがくんと大きく揺れる。子宮口まで突き破りそうな勢いに、必死で彼の背中にしがみつく。そうしないと、意識がどこかに飛んでしまいそうだ。彼の広い背中に珠のような汗が浮かび、熱い皮膚の感触に胸がせつなくなる。そして、擦り上げられた柔襞が、じんじんと甘く痺れ心地好さに変わっていく。

「……あ、ぁあ……はぁ……」

白い喉を反《そ》らせて、あえかな喘《あえ》ぎ声を漏らし始めたシャトレーヌをレオポルドがぎゅっと抱きしめた。片手で膝を抱え上げたまま、くねる細腰をぐっと引き寄せる。

「好くなってきたか？　私のシャトン、気持ち好いのか？」

「んぅ……あ、なんだか、ふわふわして……変な、感じなの……ぁあ」

潤んだ瞳でそっと彼を見上げると、金髪を振り乱した彼の表情は見たことがないほど荒々しく熱っぽい。

「そうか、もっと感じるがいい。シャトン、お前の中、きつくて温かくて、とても好いぞ」

「は、ぁあ、あぁ……」

背中を擦り上げるような色っぽい声で「とても好い」とささやかれたとたん、腰が日向《ひなた》に置いたバターのように蕩《とろ》けるような気がした。

「あぁ、あ、レオポルド様、私も……」

それ以上は恥ずかしくてとても口にできない。でも、抽挿されるたびにぞくぞくした甘い痺れは増幅し、震える濡れ襞が求めるように彼の肉胴に絡み付いてしまう。

ああもう、辛い山は越えたのだ。

これが、結ばれるということなのだ。

二人で、気持ち好くなるという行為なのだ。

すごい。すごいことだ。二人がひとつに繋《つな》がって、どんどん互いに昂《たかぶ》り合い心地好くなる行為。

「す……ご、い……レオポルド様、なんだか、すごい……あぁあ、あぁ」

「そうか、シャトン。もっと私を感じろ、もっとだ」

さらに最奥をずずんと突き上げられ、悲鳴のような嬌声《きょうせい》が上がってしまう。

「やぁあ、あ、あぁ、んぁあっ」

こんな恥ずかしい声を出したくないのに、堪えていては意識が飛んでしまいそうで、彼の肩に顔を押し付けて甘く泣き続ける。

レオポルドの腰の動きがさらに早くなる。その上に、ぐりぐりと腰を押し回すような動きまでされ、揺さぶられるたびに頭に火花が散り、真っ白になる。

「ひぃう、あ、そんなに、しないで、あぁ、だめ、そんなにしちゃ、だめぇ……っ」

咽頭を震わせて掠《かす》れた声で訴えるが、もはやレオポルドの欲望の奔流は止めようもない。

「シャトン、私の可愛いシャトン、お前の中に……」

硬く滾《たぎ》った欲望が、どくんと最奥で膨れ上がる感じがする。そしてレオポルドが小刻みに腰をずくずくと打ち付けてきた。シャトレーヌの瞼《まぶた》の裏に閃光《せんこう》が走る。なにか熱く大きな波のようなうねりが、身体の奥から迫《せ》り上ってくる。

「んあぁあ、あ、私、も、おかしく……あぁ、も、だめ、だめなの、レオポルトさ、ま、やぁ、やあぁあぁっ」

「シャトン、私のシャトン――っ」

レオポルドが息を凝らし、びくんと大きく腰を震わせた。ぶるりと隘路《あいろ》の中で肉胴がおののき、どくどくと熱い迸《ほとばし》りが放出された。

「は……ぁ、ああ、あぁ……あ……」

レオポルドが低く呻《うめ》いて、幾度か強く腰を穿ち、欲望の全てをシャトレーヌの中に解き放つ。

「は――ぁ、シャトン……シャトン」

息を継ぎながら、レオポルドが優しく顔を寄せてくる。

「……ぁ、あ、レオポルド、様ぁ……」

きつく彼にしがみついたまま、シャトレーヌは口づけを受ける。

自分の中に彼がいて、啄《ついば》むような口づけを受けていると、じわじわと全身に幸福感が拡がっていく。

今、彼に処女を捧《ささ》げ、本当の意味での妻になったのだ。

「ありがとう――愛しいシャトン」

しみじみした声で言われ、そっと顔を上げるとすぐ側に少し上気した彼の顔がある。

「……レオポルド様」

二人は愛情を込めて凝視《みつ》めあう。

シャトンの目尻からつつーっと涙がこぼれる。

「う……うれし、い……ひっく、嬉しいです、レオポルド様、とうとう結ばれました……嬉しくて、嬉しくて、もういつ死んでも、いいです……」

「ああ泣くな、シャトン、お前の泣き顔に私は弱いのだ」

レオポルドがゆっくりと腰を引く。萎えた陰茎が抜け出ると、とろりと破瓜の赤に染まった愛液がこぼれ出た。その処女の印を目にしたレオポルドは、琥珀色の目を優しく眇《すが》め、乱れたシャトレーヌの栗色の髪の毛を撫で付ける。

「辛い思いをさせたな――シャトン」

彼の指の感触を擽《くすぐ》ったく嬉しく感じながら、シャトレーヌは無邪気に答える。

「いいえ、レオポルド様、始めは怖かったけど、最後の方はそうでもありませんでした。これからも、私、堪えてみせます」

するとレオポルドが苦笑いする。

「堪えなくてもよい。もっともっととお前から求めるように、私が変えてやる」

シャトレーヌは緑色の目をぱちくりさせる。そんなことがあるだろうか。こんな恥ずかしく激しい行為を、自分の方からしたくなるなんて。

「すぐに好くなる。とても好くなる」

レオポルドにきっぱりそう言われると、なんだかそうなるような気もしてくる。

「はい、がんばります！」

神妙な顔をして答えると、レオポルドが面映そうに目をしばたいた。

「いい子だ――私のシャトン」

再び口づけを仕掛けられ、シャトレーヌはうっとりと顔を上げてそれに応えた。

てしまったのだ。

その後――旅や初夜の交わりの疲労がどっと吹き出し、いつの間にか泥のように眠りにおち

まだぐっすり眠っているレオポルドの顔を眺めながら、シャトレーヌはしみじみ幸せを噛《か》み締《し》める。ふと先に起きて、レオポルドの朝の仕度を手伝おうか、と思いつく。

ソワソンの家では、母は屋敷の誰よりも早く起きて、父の朝食や身支度の指示をてきぱきと召使い達に与えていた。特に父の洗顔の準備は、母自らがいつも行っていた。父好みの石鹸やタオルの柔らかさを熟知し、いつも完璧に用意していた。そして父の口髭《くちひげ》を整えることも、母の仕事だった。父はそれだけは絶対に、ほかの召使いに任せなかった。毎朝シャトレーヌが起床して洗面所に行くと、鏡の前で母に口髭を整えてもらっている父の姿があった。その日の仕事の手順や最近の噂話などしながら、両親はたいそう仲睦《むつ》まじそうで、シャトレーヌは将来お嫁にいくのなら、あんなふうな夫婦になりたいな、などと幼な心に思ったものだ。

でもレオポルドには口髭がない。それはちょっと残念だ。大柄なレオポルドを座らせ、真っ白な前掛けを首にかけさせて、小さな鋏《はさみ》で丁寧に口髭を整えてあげる自分の姿を想像すると、にやけて笑みがこぼれてしまう。では洗面の準備でもしてあげればいいのかな、とそろそろと身を起こした。腕枕を外し寝間着を羽織り、彼の目を覚まさないように足音を忍ばせて洗面所

へ向かう。まだ股間に彼の灼熱《しゃくねつ》を挟んでいるようなへんな違和感があり、ぎくしゃくしてしまう。

浴室に続いている洗面所は青と白のタイル張りで、それは広くて清潔だった。そして、いつの間に侍従が用意したのか、ふかふかのタオルも真新しい石鹸も、洗面用の水壷も金張りの洗面器もきちんと整えられている。なにもすることがなく、ちょっとがっかりした。

仕方なく、少し曇っていた大きな壁掛けの鏡にはーっと息をかけ、寝間着の袖でごしごしと磨いてみた。

「そこでなにをしている?」

ふいに背後から不機嫌そうな声をかけられ、きゃっと飛上がってしまう。驚いて振り返ると、洗面所の戸口にぬっとレオポルドが立っていた。全裸にガウンを羽織っただけで、寝乱れた金髪はもしゃもしゃで、いかにも眠そうな目をしている。

「あ、おはようございます、レオポルド様」

「まだおはようの時間じゃないだろう。なにをしているのか、と聞いているんだ」

ものすごいぶすっとした声で言われ、うわ、寝起きが悪いんだ、この人——と、シャトレーヌは首をすくめる。

「えー、あの、朝のお仕度を手伝えないかな、と思って」

レオポルドが首を傾けてぼきりと関節を鳴らした。

「お仕度？　そんなことはお前はしなくていいんだ」

「え？　でも、私、レオポルド様のお役にたちたいんです」

シャトレーヌがまっすぐな眼差しを向けると、レオポルドはふいに目がはっきり覚めたような表情になる。そして、口の端を持ち上げてかすかに笑う。

「その気持ちだけはありがたくいただこう――だが」

つかつかと近づいてくるや否や、レオポルドはひょいとシャトレーヌを抱き上げた。

「お前の仕事は、私だけを見て、私だけを愛することだ」

心臓がきゅんと締めつけられる。その言葉で瞬殺だ。嬉しくてふにゃっと顔がにやけてしまいそうになり、慌てて言葉を繋げる。

「でもでも、好きだからこそなにかしてあげたいの」

するとレオポルドの口元があからさまに緩む。

「なんと可愛いことを言ってくれるのだ、シャトン。お前は私の腕の中にいるだけで、十充分役に立っているのだよ――だがなにかしてくれるというのなら、目覚めの挨拶の口づけをくれ」

言われるまま彼の首に手を回し、ちゅっと唇に口づける。するとレオポルドが物足りなさそうに鼻を鳴らす。

「なんだ、それだけか。もっとくれ」

「はい」

もう一度そっと顔を寄せようとすると、いきなり頭をがっちり抑えられ、彼の方から噛《か》み付《つ》くような口づけをしてくる。

「んぅ、んんんっ……」

いきなり息も奪うほど深い口づけを仕掛けられ、シャトレーヌは目を白黒させた。舌を痛いくらいに吸い上げられ、息が止まりそうになる。必死で彼の金髪を引っ張って、身を捩《よじ》る。

「はぁ、は……も、もう、こんなの挨拶の域を越えてます！」

顔を真っ赤にして睨《にら》むと、レオポルドがしょっぱそうな表情になる。

「——先ほど、ふっと目が覚めたら側にいるはずのお前がいない。私はぞっとした。お前を手に入れ、身体を重ねたことが、すべて夢だったのではないか、と動揺した」

シャトレーヌはぽかんと彼の顔を見る。

「慌てて起き出して、あちこちお前の姿を捜し、洗面所を開けたら、お前はなにやら呑気に鏡など磨いている。まったく——人の気も知らずに」

シャトレーヌはこそばゆさと愛しさが一度に胸に溢れてくる。

可愛い。

可愛い男性《ひと》ではないか。

今まで、倍も年上の皇帝陛下だということで、シャトレーヌの心の中には彼に対する畏敬と恐縮さとがどうしても拭えなかった。彼に対して無邪気に振る舞っていても、すぐに一歩引いて萎縮してしまうところがあった。

でも一晩同衾《どうきん》し、こうして権威も身分も関係ないただの男女として向かい合うと、レオポルドの新しい魅力に気がつく。

「私はずっとずっとおそばにおります。私の居場所は、もうレオポルド様の傍《かたわ》ら以外はありえません」

彼の目をまっすぐに凝視《みつ》めて、ひとことひとこと心を込めて言う。

「――嬉しいよ、シャトン」

レオポルドが高い鼻梁で、シャトレーヌの鼻先を擦る。シャトレーヌはくすくす笑いながら、鼻先で擦り返す。

「では夜が明けるまで、もう一眠りしよう」

シャトレーヌを抱いたまま、レオポルドが寝室に引き返す。

「そして、もう一度愛し合おう」

「えっ？　あんなこと、またやるんですか？」

「あんなこととはなんだ、神聖で心地好《ここちよ》い行為だぞ」

「うー……ああいうのは、一日に一回だと思ってました」

「なにを戯言《たわごと》を申しているのだ。私は一日中でも、お前と睦み合っていたいくらいなのに」

「うわ……」

あんな激しい行為を一日中されたら、きっとこの小さな身体は壊れてしまう。

首を竦《すく》めたシャトレーヌを、レオポルドは舌なめずりせんばかりに凝視める。

「ふむ、これは仕込みがいのある乙女だ。こうなったら頭の先から爪先まで、私好みの色に染めてやろう」

琥珀色の瞳は欲情すると、金色に近い色に変わることをシャトレーヌは知った。

もはや獅子《しし》に魅入られた子猫同然だ。

そして彼の言葉通り、その後毎晩シャトレーヌはシーツの海に沈められ、あらゆる快感を教えられていくのだった——。

第三章　雪に咲く花

シャトレーヌが王城に来て、二ヶ月経《た》った。

プローゼ国は冬の季節に入った。北に近いこの国は、冬は一面雪に覆われる。

ここのところ薄ら寒い曇りの日ばかりが続き、そろそろ初雪も近いね、と王都の人達はささやき合った。

シャトレーヌは幸せいっぱいだった。

レオポルドは宣言した通り、頭の先から爪先まで愛してくれた。

政務に就いている時以外は、ほとんどシャトレーヌとべったり過ごす。食事も着替えも湯浴《ゆあ》みももちろん寝る時も、片時も彼女を離さない。

ベッドでは、それこそ舐めるように身体を愛してくれる。

無垢で初心《うぶ》なシャトレーヌの肉体は、たちまち開花してしまい、あれほど怯《おび》えていた愛の交歓が大好きになってしまった。どこにこんな淫らな要素があったのかと、自分で驚くくらいだ。

日ごとにレオポルドのへの愛情が深まっていく。

ただひとつ不満なのは――彼はシャトレーヌが自分の部屋以外から出ることを極端に嫌がり、未《いま》だにこのりっぱな王城の中を見聞出来ないことだ。なぜだめなのか理由を聞いても、うやむやにされて教えてくれない。きっと自分が側室の立場なので、王城の者達に遠慮しているのだろう、とシャトレーヌは思った。それは仕方ない、と諦める。充分幸せなのだから、これ以上彼に求めてはいけない、と自分を戒めた。

その朝。

シャトレーヌは、さらさらと寝所の窓硝子をひっきりなしに擦《こす》るような音で目が覚めた。

「ん……あ……もしか、して……！」

がばっと起き上がり、すとんとベッドを下りた。小走りでベランダに面した窓に近づき、重いカーテンを　さっと左右に開いた。

「……雪！」

重苦しく雲が立ちこめた空から、粉雪が無数に降ってくる。

「初雪！　初雪です！　レオポルド様、初雪ですよーっ」

声を張り上げベッドに戻ると、まだ上掛けにくるまって丸くなっているレオポルドの背中に、ぽんと飛び乗った。そして広い背中に跨《また》がって、ゆさゆさと揺り起こす。

「起きて、起きてください！　レオポルド様！」

「む――何の騒ぎだ……」

レオポルドがようよう目を覚まし、上掛けから半分だけ顔をのぞかせ、眠そうなくぐもった声を出す。

「だって、初雪なんです！　早く早く、止まないうちに願い事を！」

プローゼ国では、初雪の降っている空に向かって願い事をするとかなう、という言い伝えがある。幼い頃は、初雪が降ると屋外に飛び出し、天に向かって願い事をしたものだ。

シャトレーヌは再びベッドを飛び降り、ベランダの窓を大きく開け、裸足《はだし》で飛び出した。精緻な彫刻を施した欄干にもたれ、空に向かって両手を伸ばす。さらさらの雪が、目にも頬にも唇にも降り掛かる。

「降れ、降れ、雪よ、希望とともにもっと降れ！」

おまじないの言葉を唱えながら、シャトレーヌは伸ばした両手を組んだ。

「――まったく、雪など毎年降るものを。そんなにはしゃいで、お前は子猫ではなく、小犬だったのか、シャトン」

やっと起きてきたレオポルドが、窓の側であきれたようにこちらを見ている。シャトレーヌは振り返って、レオポルドを手招く。

「早く、早く、なにかお願いしてください」

レオポルドが苦笑する。

「この皇帝に、今さら願い事があると思うか？」

「あ──そうですね。ごめんなさい。じゃ、私だけお祈りしますね」

シャトレーヌは天を仰いでじっと目を閉じ、心の中で願い事を唱えた。

ふいに背後から抱きしめられる。はっと目を開けると、頭の上にレオポルドの顔がある。

「なにを願ったのだ？」

シャトレーヌはぽっと頬を染める。

「それは、秘密です。願い事は口にしては、かなわないんですから」

「それでも聞きたいな」

レオポルドが細いうなじに柔らかな唇を押し付ける。

「あ……」

むず痒《がゆ》いような感触に、ぴくんと肩が浮く。

「お、教えません」

「言わせてみせようか」

彼の大きな掌《てのひら》が、後ろから寝間着越しに掬《すく》い上げるようにシャトレーヌの胸を揉んだ。

「や……だめ、こんなところで……」

逃れようと首を捩《よじ》るが、巨体のレオポルドの腕の中にすっぽり収まってしまうと、身じろぎも出来ない。柔らかく乳房を揉んでいた手が、布越しに乳首を探り当て、指先できゅっと摘んだ。ちくんと、甘い疼きが乳首から下肢に走る。

「あ……ん、だめぇ、だめですってば……」

「そう言いながら、感じているのだろう？」

レオポルドは指を小刻みに上下させ、尖《とが》ってきた乳首を弄ってくる。きゅんと媚肉が収縮して、せつない疼きが身体を駆け巡る。

「い、いじわる……レオポルド様の意地悪」

恨めしげな目で見上げても、彼は素知らぬ振りで寝間着の裾までめくり上げ、すべすべした太腿を撫で回す。柔らかな内腿をそろそろと撫《な》で上げられると、肌が粟立ち腰がぶるっと震えてしまう。

「意地悪な私が好きなのだろう？」

彼の長い指先が和毛《にこげ》を掻《か》き分《わ》け、割れ目に伸びてくる。慌てて腰を引こうとすると、さらに強く押さえ込まれ、くちゅりと秘裂を暴かれてしまう。

「そら、もう濡れている」

とろりと溢れてきた愛蜜を指で掬い、陰唇にそってぬるぬると上下に塗り込める。じわあと熱い愉悦が涌《わ》き上がる。

「あ……だめ、しないで、そこ……」

長い指先が、和毛のすぐ下にある秘豆をコリッと転がした。鋭い喜悦が走り、びくびくと腰が跳ねてしまう。

「やあ、だめ、あぁ、やだ……」

鋭敏な突起を執拗《しつよう》に弄られ、膝が崩れ折れそうになって上半身を折り曲げて身じろぎしてしまう。彼女の腰を支えさらに秘玉を刺激しながら、レオポルドがくすくす笑う。

「感じやすい可愛い身体だ——さあ、願い事を白状してみろ」

「う、ああ、や、い、言いません……」

甘く痺《しび》れる快感に息を弾ませ、シャトレーヌはいやいやと首を振る。

「ふん——言わなくてもお見通しだがな、お前の願い事など。どうせ自分が幸せになれますように、とか祈ったんだろう」

レオポルドが勝ち誇ったように言うと、シャトレーヌは喘ぎ喘ぎ答える。

「ち、違います、はずれ、です」

「む——？」

当てを外されたレオポルドが、一瞬手を緩める。シャトレーヌはその隙に、さっと身を屈《かが》めて彼の腕の中からすり抜けた。そして寝所のほうに逃げながら、してやったりという顔で微笑《ほほえ》む。

「天下の皇帝陛下でも、なにもかもわかっていると思ったら大間違いです」

「この——」

レオポルドは目の端をわずかに染め、ずかずかと近づいてきた。

「生意気な子猫に、お仕置きをしてやる」

長い腕が伸びてきて捕まえようとするのを、シャトレーヌはぱっとベッドの陰に逃れる。

「こら、逃げるな」

「いやです、いやらしい事をするもの」

ベッドを挟んで二人は睨《にら》み合《あ》う。

「どうしても白状させてやる」

「ぜったい、言いません」

シャトレーヌはレオポルドに掴まらないように、くるくるベッドの周囲を逃げ回った。子どものようにはしゃぎ声を上げるその姿を、レオポルドは半ば呆《あき》れ半ば面白そうに見ていたが、ふいに俊敏な動作で跳躍し、そのままベッドを飛び越え、ふわりと向こう側のシャトレーヌの前に着地した。

「あっ……」

しなやかな野生動物のような動きに、シャトレーヌは不意をつかれる。一瞬立ち尽くした隙に、背後から腰を抱きかかえられ、床に押し倒されてしまう。

「そら捕まえた」

レオポルドはシャトレーヌに馬乗りになってにんまりする。

「や……重いです、どいてください」

彼の下でじたばた手足を動かしたが、体重が倍近くある彼にのしかかられてはびくともできない。

「私をからかった罰だ。お仕置きしてやると言ったろう」

レオポルドはさっと彼女の寝間着の裾を大きく腰まで捲《めく》り上げた。

「いやぁっ」

ぷりんと丸く白い尻が剥《む》き出《だ》しになってしまう。そのすべすべした双臀を、彼の大きな掌がすっぽり覆ってゆるゆると撫でる。

「あ、だめ……」

ねっとり這い回る掌の感触に、肌が総毛立ち心臓の鼓動が早まってしまう。いきなりその掌が、ぱんっと大きな音を立てて尻肉を叩いた。

「きゃぁうっ」

痛みより驚愕して悲鳴を上げて仰《の》け反《ぞ》る。レオポルドが無言でもう一発尻をはたいた。

「痛っ……ご、ごめんなさい……」

そんなに気を悪くさせてしまったのかと、後悔に目尻に涙が溜まる。するとレオポルドがひりつく尻を慰めるように優しく撫《な》でてくる。

「しつけの出来ていない子猫には、たまにはお仕置きも必要だな。だが、素直になればそれでいい」

背後からそっと抱き起こされ、耳朶《みみたぶ》に柔らかく唇を押し当てられる。

「乱暴にして悪かった。そんなつもりはないのに、お前を目の前にすると、愛しくて可愛らしくて、思わずめちゃめちゃにしてやりたい、と思ってしまう」

感じやすい耳朶の後ろをにねろりと熱い舌が這う。ぞくぞくと甘く痺れてしまい、シャトレーヌは男の腕の中で身を引《ひ》き攣《つ》らせる。

「はぁ……わ、私、すぐ調子に乗ってしまって……」

耳孔に熱い息を吹きかけられ、ぶるりと身体が戦慄《わなな》く。

わかっている。レオポルドは懐が深い。どこまでもシャトレーヌを甘やかしてくれる。彼女がなにをしようと、彼が本気で怒る事などない。それがよくわかっているから、ついシャトレーヌははめをはずしてしまう。

「いいのだ、お前はお前らしく振る舞えば——」

耳朶の後ろからうなじを、何度も啄《ついば》むように唇が行き来する。

「んぅ、ふ……ぁ、あ」

悩ましい疼きに、体温が上がっていくような気がする。

腰を抱いていた手が胸元をまさぐる。薄紅い乳首がたちまちつんと尖ってくる。布地越しに硬く芯を持った乳首を、指の腹で押し潰すようにこりこり爪弾かれると、じんと熱い疼きが下
「可愛《かわ》い……可愛い私のシャトン……」

腹部に走る。

「や……だめ、そんなに……しちゃ……」

艶《なまめ》かしい吐息がひっきりなしに漏れてしまう。

「感じやすい可愛い身体だ」

小さな耳朶が甘噛みされ、濡れた舌が耳殻《じかく》や耳孔まで這い回る。

「はぁあ、あ、だめ、耳、やあ、だめ、弱いの、そこ……」

シャトレーヌは感じ入って、びくびくと腰を跳ね上げた。

レオポルドに出会うまで、耳などに神経が通っている事すら自覚していなかった。なのに彼に幾度となく抱かれ、身体中を開かれてから、耳は彼女の鬼門だった。耳朶の後ろから首筋にかけて彼に舐《ねぶ》られると、それだけで全身が粟立《あわだ》つほど感じてしまい、耳の口腔愛撫《あいぶ》だけで軽く達してしまうこともあるくらいだ。

「可愛いシャトン、耳だけで達きたい？」

色っぽいささやきとともに耳孔をねろねろと舌先で掻き回されると、身体の奥底から熱い昂りが迫《せ》り上りシャトレーヌを追いつめる。

「いやぁ……だめ、耳は、いやぁ……」

もう解放してくれというつもりだったのに、レオポルドはわざと意味を取り違えてみせる。

「わかった、耳で達かせるのは、やめよう」

そう言うや否や、彼はシャトレーヌを前に押し倒し、両手を床に付かせる格好にした。そして剥き出しの太腿に両手をかけて大きく開かせ、そのまま抱え込む。

「あっ、だめ……っ」

シャトレーヌは慌てて身を引こうとした。が、それより早くレオポルドの長い指が、ふっくらした尻肉の割れ目を押し開いてしまう。

「きゃ、いやぁっ」

すでに濡れそぼった秘裂がぱっくり剥き出しになる。それどころか、ひくつく後孔も、薄い和毛の奥に隠された秘玉も、なにもかもレオポルドの眼前に晒されてしまう。彼の熱っぽい視線が痛いほど秘所に刺さる。

「やだ、見ないで……そんなに、見ないで……」

羞恥に耳朶まで真っ赤に染まってしまう。

「きれいな花びらが、いやらしくひくついて私を誘っているぞ」

「さ、誘ってなんか……あ、あぅっ」

ふいに股間に熱い吐息がかかったかと思うと、ぬるぬると熱い舌が媚肉の狭間《はざま》を這い始める。

「ひぅ、あ、だめ、舐《な》めちゃ……そんなとこ、だめぇ……っ」

四《よ》つん這いで前に逃げようとすると、逞しい腕がぐっと両脚を掴んで引き寄せる。ちゅっと音を立ててひくつく陰唇が口腔に吸い込まれる。

「んぅ、あ、あぁっ」

ぞくぞくする甘い震えが全身を駆け巡る。男の舌は、よじれた淫襞を掻き分けるように、ぬるぬると這い回る。得も言われぬ喜悦に、シャトレーヌは白い喉を仰け反らせて喘ぐ。

「は、ぁ、だめ、あぁ、んぅ、んんんぅ……」

内腿ががくがく震え、膣腔の奥からとろとろと淫らな蜜が溢れてくる。その淫蜜を啜り上げながら、レオポルドは縦横無尽に秘裂を舐る。

「あぁん、そんなに舐めたら……だめ、あぁ、だめ、なのにぃ……」

レオポルドは股間からちらりと顔を上げ、身悶えるシャトレーヌの姿を楽しげに眺める。

「これもお仕置きだからな、嫌と言っても無駄だ」

再び顔を股間に埋め、わざと派手に水音をたてて媚肉を舐めしゃぶる。

「んぁ、あ、ひ、どい……あぁ、ひどい……んぅん、んん……」

下肢が蕩けそうなほどの喜悦に、もはや抵抗する気力は失《う》せている。ただ悩ましい喘ぎ声を上げて、レオポルドの口腔愛撫を甘受する。尖らせた舌先が、膨れた秘玉の包皮を捲《めく》り、ひりつく花芯を押し潰すように刺激し始めると、あまりの快感に悲鳴のような嬌声が上がった。

「ひぅう、はぁ、あぁ、やあ、だめ、そこ、だめぇえっ」

びりびりと全身が痺れるような愉悦が繰り返し走り抜ける。床に爪を立てて淫らに喘ぐ。剥き出しになった鋭敏な花芯を前歯で咥《くわ》えられ、こりこりと揺さぶられると、頭が快感で真っ白に染まり息が止まりそうだ。熱い淫蜜がどっと隘路の奥から吹き出して、レオポルドの顔も自分の内腿もぐっしょり濡らしてしまう。

「んぅ、あ、も、達《い》っちゃう……そこ、そんなに舐めちゃ……あぁあぁぅ」

腰ががくがくと大袈裟《おおげさ》に震え、激しく達してしまう。しかし、レオポルドは容赦なく再び口腔《こう》に秘玉を吸い込むと、舌先で転がしたり押し潰したりを繰り返す。

「……ひ、ひぅ……ひ、は……ひぃ……ぃ」

もはや声を上げることすら出来ず、シャトレーヌは喉の奥でひいひいと悲鳴のような嬌声を上げ、何度も達してしまう。終《しま》いにはレオポルドは秘玉を思い切り吸い上げながら、ひくつく媚肉に指を二本揃《そろ》えて押し込み、小刻みに揺らしてくる。

「……っ、っく……は……っ」

強すぎる愉悦に、一瞬意識が飛んだ。緑の目は見開いているが、なにも映していない。全身を硬直させ、腰を突き上げたまま再び達してしまう。濡れそぼった淫襞がひとりでにきゅうきゅうと男の指を締めつけてしまう。

ふいに指がぬるりと抜かれ、レオポルドの顔が離れた。

「はっ……はあっ、はぁ……はあ……ぁ……」

ぐったりと身体が弛緩《しかん》し、シャトレーヌは床にうつ伏せに崩れる。どっと全身から汗が噴き出す。まだ秘玉がじんじん痺れて、感覚がない。

「まだ、これからだ、シャトン」

乱暴に細腰が抱え起こされた。シャトレーヌは、はっと我に返る。

「やぁっ、も、これ以上……っ」

さんざん口腔愛撫で達した身体に、レオポルドの灼熱の欲望を受け入れたらどうなるか、よくわかっている。

身も世もないほどにはしたなく乱れ喘いでしまう。もう何度もそのすさまじさは体験した。自分が自分でなくなるような悦楽は、恐怖すら覚える。

腹《はら》這いのまま腰を引こうとしたがすぐに引き戻され、ぐっしょり濡れそぼった蜜口に灼け付くような男根の先端が押し当てられる。

「だ、だめぇ……っ……ひっ……あぁっ」

硬い昂りがぬるりと柔襞を掻き分けて、押し入ってくる。押し開かれた媚肉から、ぷんと噎《む》せ返《かえ》るような雌の香りが立ち上った。

「ひぁあ、あぁあぁっ」

剛棒にずぶずぶと最奥まで一気に貫かれて、あっというまに絶頂に達してしまう。笠《かさ》の開いた亀頭にずんと子宮口を突き上げられると、脳裏に真っ白な閃光が走る。

「あ、ぁ、ああ、ん、んぅ……っ」

そのまま今度は膨れた先端の括れまで引き抜かれ、その喪失感にぶるっと全身が粟立つ。

「すごい——シャトン、洪水のように濡らして」

レオポルドが膣肉を押し広げるように、ぐりっと腰を押し回して激しく穿ってくる。

「んぁあ、くぅ、はぁあっ……はっ」

激しい律動にシャトレーヌの小柄な身体はぐらぐら揺れ、喘ぎ声が途切れ途切れになってしまう。感じやすい淫襞をみっちり満たした肉胴が擦り上げていくと、蕩けそうな喜悦にめまいがしてくる。

「好いか？　感じるか？　可愛いシャトン、私を感じるか？」

細腰をしっかりと抱え、レオポルドがずくずくと腰を打ち付けてくる。

「あ……き、気持ち……いい……っ」

快感に打ち震える淫襞が、無意識に肉茎を締めつけて、彼の欲望の形をつぶさに感じ、悦《よろこ》びが倍加する。

「そうか、もっと感じろ、もっと気持ち好くなれ」

ぐいぐいと最奥を抉《えぐ》られるたびに、煌《きら》めく悦楽が弾け、シャトレーヌの理性を払拭し、本能を剥き出しにさせる。

「あ……奥、あぁ、すご……い、あぁ、すごいの……っ」

あまりに激しい抽挿に、ぱつんぱつんと肉の打ち付ける淫らな音が響く。赤く腫れた結合部から、夥《おびただ》しい愛液がぐちゃぐちゃと泡立ち、飛び散る。

「っ――お前も、すごい締め付けで――」

レオポルドが低く呻く。

「はっ、あう、あぁう、はぁ、レオポルド様、ぁ、いいっ……」

白く艶かしい身体がくねり、長い艶やかな髪が乱れ、壮絶なほどに乱れてしまう。いつのまにか、男の律動に合わせて、自ら腰を突き出すように蠢かせている。

こんなにもはしたなく貪欲に求めてしまうなんて、自分でも恐ろしいくらいだ。でも、それは相手が愛するレオポルドだからだ。彼の欲望を全身で受け入れているという至福感が、シャトレーヌを悦楽境に誘い込む。

「あぁ、はぁ、あ、また、お、大きく……あ、すご、い……」

うねる膣腔の中で、巨根がいっそう太く漲《みなぎ》ってくる。もはや声も枯れ果てているのに、喘ぎ声が止められない。すでに達しぱなしの状態になっている。

「くぅ、はぁ、あぁ、また……あぁ、また……達く、あっ、あぁあ」

もう結合部は蕩けきって、どこからが自分でどこからがレオポルドなのかわからない。ただ忘我の境地をぐるぐると駆け巡るだけだ。

「ふ――シャトン、お前の中は好すぎる――もうもたぬ」

レオポルドががしがしと腰を抜き刺ししながら、くるおしげなため息を漏らす。

「あ、あぁ、来て……お願い、レオポルド様、来て……っ」

シャトレーヌは甲高く叫ぶと、全身でいきんだ。感じ入った濡れ襞がきゅうっと膨れ上がった肉楔を締めつけ、男を追いつめる。

「――っ」

レオポルドが獰猛《どうもう》な勢いで、子宮口を突き破りそうに突き上げた。

「あぁ、あぁあぁ、ふぁあ、あぁぁぁっ」

どぷどぷと大量の精がシャトレーヌの中で吹き出す。絶頂のさなかに、その熱い迸りを感じ、シャトレーヌはうっとり目を閉じる。ぐっぐっと二、三度激しく突き上げ、全ての欲望を放出したレオポルドが、ゆっくり崩れ落ちてくる。

「――好かったか？」

まだ意識のはっきり戻らないシャトレーヌの顔を凝視《みつ》めながら、レオポルドがささやく。

「……ふ、ん、とても……」

息も絶え絶えに答えると、男がゆっくり抜け出ていく。ごぷりと、粘つく白濁が溢《あふ》れ出《で》るのを感じる。

「――どうだ？　白状する気になったか？」

シャトレーヌの側に身を横たえ、レオポルドが言う。

「え？　あ……初雪の願い事、ですか？」

彼女はまだ絶頂の余韻でぼんやりした顔で言う。

「私……祈ったんです。レオポルド様がいつまでもお幸せでお元気でいられますように、って……」

「シャトン――」

レオポルドが精悍《せいかん》な顔をくしゃりとさせた。

「お前は――自分のことより、私の幸せを祈ってくれたというのか？」

シャトレーヌは火照った顔で恥ずかしそうにこっくりした。

「シャトン。愛しいシャトン、私のシャトン」

レオポルドが、彼女の汗ばんだ額や頬に何度も口づけする。

「私の幸せは、お前を幸せにすることだ。だからぜったいに、ぜったいにお前を離さない。私だけのものだ」

「う……れしい……」

シャトレーヌは夢見心地で、彼の逞《たくま》しい胸に顔を埋める。

この悦びと幸せがいつまでも続くようにと、心の中で何度も唱えて――。

初雪はそのまま本格的に降り積もり、二、三日すると王都はすっかり雪化粧された。

その朝、レオポルドは緊急の決めごとがあるとかで、慌ただしく寝所を出て行った。一人残されたシャトレーヌは、午前中いつものように自室で刺繍や読書にいそしんでいたが、少し退屈してきた。

　自分の部屋のある最上階だけでも、ちょっと見聞してはいけないだろうか？　確かこの階の奥には、尖塔《せんとう》に登る階段があると聞いた。シャトレーヌ付きの侍女達は、ちょうど昼食の仕度で席を外している。昼までに戻ってくればばれないだろう。

　そっと自室のドアを開けて長い廊下をうかがうと、幸いに人影がない。足音を忍ばせて廊下を歩いていると、曲がり角の所でひそひそ話す声がする。

「レオポルド様の……」とか「許嫁《いいなずけ》の令嬢が……」とか漏れ聞こえてきて、はっとする。廊下に飾ってある大きな白磁の壺の陰に身を隠し、おそるおそる耳をすます。どうやら、王城の侍女達のようだ。

「この季節よね、レオポルド様の許嫁のエレーナ様がお亡くなりなったのは――」

「そうそう、雪のひどく積もった日の朝のことよ。王宮のお庭の奥で凍え死になさっていて――」

　シャトレーヌはどきんと胸を震わせる。

「自死、だったのでしょう？　遺書が確かあったって」

「どうして結婚間際に、自らお命を絶ってしまわれたのかしら」

「噂《うわさ》では、気性のお荒い皇帝陛下に責め殺されたんだってことよ」

「いやだ、そんなことめったに口にするものじゃないわ」

心臓の鼓動がばくばくいい始めた。

レオポルドが許嫁を死に追いやったというのか？

そんなはずがない、彼はそんな無慈悲な人間ではない。でもなぜ、許嫁の令嬢は、自死など選んだのだろう。なにかレオポルドと亡き許嫁との間には、恐ろしいいきさつでもあるのだろうか。頭が混乱し、感情が昂《たかぶ》ってくる。侍女達の足音が遠ざかると、シャトレーヌは廊下に飛び出し、そのまま階下への階段を目指した。

居ても立ってもいられなかったのだ。

レオポルドに真相を正したかった。

途中の廊下ですれ違う侍従達は、目の色を変えて歩いていくシャトレーヌに、不審そうな目を向けるが、レオポルドの側室ということで遠慮したのか、阻む者はいなかった。中央階段を降りて行くと、王族の紋様入りのマントを羽織った男とぶつかりそうになった。

「おお、これはシャトレーヌ嬢ではありませぬか？　血相を変えて、どちらへ？」

気取った黒い口髭に見覚えがあった。ザクスンの歓迎式典の時に、レオポルドの側に控えていた王弟のオルロッド公だ。彼はじろじろとぶしつけな視線を投げ掛けてくる。シャトレーヌは慌てて一礼した。

「あ、失礼いたしました、オルロッド公爵様——あの、私、レオポルド様にお話が……」

口ごもっていると、オルロッド公は慇懃《いんぎん》に答える。

「皇帝陛下はただいま、お取り込みの最中でございますよ」

「どちらにおられますか？」

「一階の控えの間で――」

シャトレーヌはぱっと階段を駆け下りた。

「あ、待たれよ。シャトレーヌ嬢」

オルロッド公の声が後ろから追ってくる。それを振り切るように階段を降りると、コロセーヌの廊下の向こうから、レオポルドの怒声が響いてきた。

「私は不正行為は断じて許すわけにはいかぬ！」

空気がびりびり震えるほどの大音声だ。普段から張りのある声を出すレオポルドだが、これほど恐ろしげな声は初めて聞いた。ますます胸が不安で渦巻く。

皇帝陛下としての彼は、いつもシャトレーヌが知っている彼とは全く違うのだろうか？

動悸《どうき》を押さえながら、声のする方へ進む。柱列の途切れたところで、観音開きに開いたドアがあり、その前には警邏《けいら》の兵達が厳《いか》めしく立っている。レオポルドの声は、そのドアの中から響いてきた。

「お前の領地の村人が、長年税金をごまかしてきた事に対しては、言い訳は無用だ！」

「し、しかし――陛下」

高齢の男の声がする。

「我が北ゴーブ地方は、ここ数年凶作に見舞われ、領民達は食べていくのもやっとの有様なのです。私は領主として、彼らの生活を守りたかったのです！」

「言い訳は無用と言いおいたはずだ。北ゴーブ領には、二十歳以上四十歳までの男子の三分の一を、三ヶ月の労役に出すことを命じる」

「そ、それは――あまりにご無体な……」

ゴーブ領主は絶句した。

ドアの外で話をじっと聞いていたシャトレーヌは、矢も盾もたまらず、中へ入ろうとし、警邏の兵達にやんわりと止められた。

「御令嬢、これ以上は関係者以外は立ち入りをご遠慮下さい」

「お願い、入れて、中へ――」

兵達と揉みあっていると、ドアの外の物音に気がついたのか、レオポルドの険しい声した。

「なにを騒いでいる！」

「レオポルド様、私です、シャトレーヌです！」

彼女が声を張り上げると、一瞬の間を置いて厳しい声が返ってきた。

「ここは公的な場所だ。部屋へ戻れ！」

無慈悲な声にびくりと肩がすくんだが、シャトレーヌは意を決して大柄な兵の腕の下をかいくぐり、するりと部屋の中に飛び込んだ。

一段高い玉座に、青い礼服と白貂《しろてん》のマントを羽織った堂々たる姿のレオポルドがいた。その足元に、貧しい服装をした領主らしい老人が平伏している。

「――お前……！」

「女子どもの来る所ではない！　今すぐ出て行くのだ！」

レオポルドの琥珀色《こはくいろ》の目が、ぎらりと光る。

「いいえ、いいえ、どうか、聞いてください！」

シャトレーヌはレオポルドの迫力に戦慄《おのの》きながらも、必死で声を振り絞る。

「レオポルド様、私の故郷ザクスンも貧しい土地です。日照りや大雨に見舞われると、あっという間に凶作になります。私の父は、いつもいつも領民達の暮らしをよくしようと、心を砕いていました」

レオポルドは口を閉ざし、じっとシャトレーヌを凝視《みつ》めた。平伏していたゴーブ領主も、驚いたように顔を上げて彼女を見る。

シャトレーヌは畏れ多さに頭がくらくらしながらも、言い募った。

「凶作の年には、飢え死にする領民もいました。小さな赤ちゃんも、お乳が飲めずに何人も死んでいくのです。どうか、どうか北ゴーブの領民にお慈悲をお与え下さい！」

レオポルドが感に堪えたような表情になる。

北ゴーブ領主は、皺《しわ》だらけの顔を震わせ、感動の面持ちになりぽつりとつぶやいた。

「御令嬢、あなたはなんというお方だ――」

レオポルドははっと表情を引き締めた。そして、前にも増して威厳あるそして憤怒に満ちた声を張り上げた。

「私を誰だと思って、そんな不遜な口をきく！　お前はただ私の言う通りにしていればいいのだ！　私の政事に口を挟むな！　警備兵、彼女を部屋へ連れて行け！」

ドア口で唖然《あぜん》として立っていた警邏の兵達が、慌ててシャトレーヌに駆け寄《よ》り、左右から腕を取った。

「失礼ながら、御令嬢どうかご同行願います」

シャトレーヌは魂が抜けたように、ふらふらと彼らに腕を取られて謁見の間を後にした。ドアの外でいきさつを見ていたらしいオルロッド公が、意味ありげな眼差しで連れていかれるシャトレーヌの後ろ姿を見送っていた。

シャトレーヌはほとんど茫然自失としていた。先ほど投げつけられたレオポルドの言葉が、鋭い矢のように心に刺さった。

『お前はただ私の言う通りにしていればいいのだ！』

レオポルドにあんな恐ろしい顔で怒鳴られたのは、初めてだった。

「シャトレーヌ様、皇帝陛下は政務には実に真剣であられます。今日は普段とは違い、なぜかお気が立っておられたのですよ」

警邏の兵の一人がシャトレーヌに付き従いながら、慰撫《いぶ》するように声をかけた。

「……ええ、そうね……」

出過ぎたまねをしたことは、自分でもわかっていた。でも言わずにはいられなかった。

尊敬する皇帝陛下である彼には、領民の実情や苦しみもわかってほしかったのだ。辺境の領主の娘であるからこそ、一般人の生活の大変さを身に染みてわかっていることもあった。そして賢明な彼であれば、自分の言うことを理解してくれると思っていた。

でも――。

私はしょせん、愛玩動物なのだ。

哀《かな》しみがひしひしと胸に迫ってくる。レオポルドの意に添うよう振る舞えば溺愛してくれるが、それに反するようなことをすれば叱責を受けるだけなのだ。

彼の愛情は、やはり子猫や小犬を可愛がるたぐいのものなのだ。

そう思うとぎしぎしと心が軋《きし》んだ。日ごとに彼に対する愛情が深まっている分、絶望感は大きかった。

警邏の兵達に自室に送り届けられると、精も根も尽き果てたシャトレーヌは、侍女達に頭が痛いと言って、自分の寝所へ引き籠った。ベッドに潜り込み、声を嚙《か》み殺《ころ》して泣いた。

もしかしたら許嫁だった女性も、こんなやるせない気持ちに苦しんだのだろうか。

レオポルドを心から愛している。彼のためならこの身体も命も全て投げ出してもかまわない。

でも、自分の心は彼に届いてはいないのだ。皇帝陛下の懐《ふところ》の中だけで、ぬくぬくと大人しく可愛らしく振る舞えば、ご褒美のように与えられるだけの愛なのだ。

泣き疲れたシャトレーヌは、いつの間にかことんと眠りに落ちてしまった。

こんこんと寝所のドアがノックされる音で、ふっと目が覚めた。

すでに夜半過ぎで、寝所の中は侍女がそっと点《とも》していったらしい手燭の灯《あか》りだけで、ぼんやり薄暗い。

「――シャトン――起きているか？　シャトン」

ノックの音とともに、レオポルドの忍び声が聞こえた。シャトレーヌは反射的に起き上がったが、はっと再び上掛けの中に潜り込んだ。泣き腫らした顔を見られたくない。

「シャトン――入るぞ」

そっとドアが開き、レオポルドが静かに入ってくる足音がする。シャトレーヌは上掛けの中で身を丸くした。レオポルドは、ベッドの側で足を止め立ち尽くしている。

「昼間は――怒鳴ったりしてすまなかった」

シャトレーヌは息を潜めた。

「今日の私は気分がいささか悪かった。その上に突然お前が現れて、少々狼狽《ろうばい》していたのだ」

ぐったり疲れたような声だ。胸がきゅんと痛む。

「お前を傷つけたことを、どうか――許して欲しい」

彼の哀しそうな声を聞くと、ベットから飛び出して彼の胸に抱きつきたい衝動にかられる。でも、シャトレーヌは今はレオポルドの顔を見たくない、と思った。激昂《げっこう》して、なにか取り返しのつかないことでも口走りそうで、怖くてとてもまともに彼と対峙《たいじ》できない。

シャトレーヌが沈黙したままなので、レオポルドは口をつぐみしばらくそこに佇《たたず》んでいた。

「——おやすみ」

彼はぽつりとつぶやき、それから足音を忍ばせゆっくりと部屋を出て行った。ドアが閉まったとたん、シャトレーヌはがばっと起き上がった。

「レオポルド様……私……」

呼び止めようとして言葉を飲み込む。彼を恨めしく思う気持ちが払拭できない。涙が溢《あふ》れてくる。シャトレーヌはシーツに顔を押し付け、咽《むせ》び泣《な》いた。

その晩——シャトレーヌは王城に来て、初めてレオポルドと同衾しなかったのだ。

翌朝。

シャトレーヌは泣き疲れてむくんだ顔を何度も冷たい水で洗い、顔色を明るく見せるようなシュガーピンク色のドレスを選び、皇帝専用の食堂へ降りていった。

気持ちは晴れなかったが、自分の役目はあくまでレオポルドの心を慰めることだ。彼が心からの愛情を持ってくれないからといって、シャトレーヌを大事に思う気持ちに変わりはないのだ。

私はすっかり欲張りになってしまった、と思う。最初はレオポルドと一緒にいられれば、それだけで幸せだった。彼が好意を示してくれさえすれば、天にも昇る気持ちだった。

それが――いつの間にか、レオポルドの全てを欲しいと思ってしまう。自分が想《おも》う気持ちと同等の気持ちを返してほしいと願ってしまう。

『自分の気持ちより、まず陛下のお心をお慰めすることだけを考えるのだよ』

父が嫁ぐ時に自分に言い聞かせた言葉をしみじみ思い出す。

昨日の自分のふるまいはあまりに子供染みていた、と反省する。レオポルドが倍も年上であることに甘え切って、自分が成長することを忘れていた。

初心に戻ろう――自分にそう言い聞かせた。

食堂に入っていくと、すでに席に着いていたレオポルドがはっとしたように顔を上げた。寝不足のように目が赤く、顔色があまりよくないようだ。食欲もないのか、皿の上の料理も手つかずのままだ。それだけでシャトレーヌは申し訳ない気持ちでいたたまれなくなる。

「おはようございます、レオポルド様！」

普段通りの明るい声を出し、思い切り微笑んでみせる。

レオポルドが見るからに安堵《あんど》したように肩の力を抜く。

「む――おはよう」

シャトレーヌはすとんとレオポルドの対面に座った。

「ああお腹《なか》がぺこぺこです。昨夜は晩餐《ばんさん》も摂《と》らずに寝てしまったから」

シャトレーヌは、給仕が目の前に置いたスクランブルエッグを銀のフォークで掬《すく》って口に運ぶ。

「美味しいです！　王城の料理長のスクランブルエッグは世界一ですね」

レオポルドににっこりすると、彼は眩《まぶ》しそうに目を眇《すが》めた。それから小声で、

「――シャトレーヌ、昨夜は……」

シャトレーヌは素早く彼の言葉を遮る。もうこれ以上元気のないレオポルドなど、見たくはない。

「レオポルド様、全然召し上がってないじゃないですか、だめですよ、朝はしっかり食べないと、よいお仕事ができませんよ。ほら、召し上がって！」

シャトレーヌは身を乗り出して、自分のフォークの上のスクランブルエッグをレオポルドの口元に差し出した。

「む」

彼は仕方なさそうに口を開けて受け入れる。

「美味しいでしょう？」

シャトレーヌが有無を言わさんばかりの目つきでじっと凝視《みつ》めると、レオポルドは嚥下《えんげ》して

からうなずく。

「うまい」

「でしょう？　さあもっと召し上がって」

そう言いながら、自分も手元のペストリーやポリッジを次々頬張ってみせる。ようようレオポルドがフォークを手にし食事を始めると、シャトレーヌはほっとした。シャトレーヌが普段のようにぺちゃくちゃと無駄話をし、レオポルドがうなずき、食事は進んだ。レオポルドは皿を空にし、最後の一口のコーヒーを呑み干すと、ゆっくり立ち上がった。

「では、行く」

「はい、いってらっしゃいませ！」

レオポルドはドア口に向かおうとして、ふと振り返り、長い手を伸ばしてシャトレーヌの頭を優しく撫でた。

「――ありがとう、シャトン」

胸がじーんと熱くなる。この温かい掌さえあれば、もうどんなことでも許せる、と思う。しかしあえて顔をつんとさせる。

「あら、ちゃんとお礼していただきたいわ」

レオポルドが困惑した顔をすると、シャトレーヌは小さな顎を上向きにした。

「まだ朝の挨拶の口づけをいただいていませんもの」

レオポルドの顔がほころぶ。長身を折り曲げるようにして顔を寄せ、そっと唇を押し当ててきた。甘いムスクの香りと、コーヒーの残り香のある濡れた唇の感触。

「これで、よいか？」

「まあ、許してあげましょう」

レオポルドがむっとした声を出す。

「お前は本当に生意気だな」

「生意気な私がお好きなのでしょう？」

レオポルドは苦笑した。

「その通りだ、私のシャトン」

ああもうこれ以上つんけんできない。シャトレーヌはにまっと口元が緩んでしまう。

その夜、シャトレーヌはレオポルドの寝所に出向いた。

二人は何ごともなかったかのように愛し合った。

尽きぬ愉悦に身を委ねながら、しかし二人の間には微妙な溝ができたままなのを、互いに感じないわけにはいかなかった——。

初冬生まれのレオポルドの、誕生日が近づいてきた。

初めて一緒に迎える愛する人の誕生日だ。

なにか素晴らしい贈り物をしてあげたい。しかし、全ての権力と財力を手にしているレオポルドに、なにを贈ればよいのだろう。

何日も頭をひねり、侍女達に相談などしていた。

レオポルドの誕生日の前日、長年城に務めている中年の侍女が、そっとシャトレーヌに耳打ちしてきた。

「シャトレーヌ様。『雪見の桜』というこのお城の言い伝えをごぞじですか？」

「いいえ、知らないわ？　それはなあに？」

「この城の奥庭には、真冬に花を開く幻の桜の木があるというのです」

「真冬に桜が咲くの⁉」

「そうです、それも月食の日にしか花開かないのです。もしその桜の花を手に入れた者は、永遠の幸福が得られるというのです」

「まあ、なんてロマンチックな言い伝え――」

「シャトレーヌ様、私は長年この城に務めておりますが、その桜をごらんになったのは五代前の皇帝陛下のみだったと聞いております」

「では――桜は存在するのね！」

その侍女はさらに声を潜めた。

「運のよいことに、暦では今日が月食に当たるのです」

「今日!?」

シャトレーヌはぱっと顔を輝かせる。侍女がさらに言い募る。

「今宵《こよい》私がこっそりご案内しますから、ぜひその桜をお探しになり、皇帝陛下の贈り物になされるとよろしいのでは?」

これほどの素晴らしい贈り物があるだろうか。胸がわくわくしてくる。シャトレーヌは大きくうなずいた。


夜半過ぎ。

毛皮のコートに身を包み雪靴を履いたシャトレーヌは、侍女の手引きで密《ひそ》かに使用人の通用口から、城の裏庭に出た。膝まで積もった雪で、辺り一面銀世界だ。雪はやんでいたが雲は厚く、さらに月食のせいで辺りは視界が利かない。侍女の持つカンテラの灯りだけが頼りだ。

「さあシャトレーヌ様、お手を――」

侍女に手を取られ、シャトレーヌは足元に気をつけながら庭の奥へ向かった。

「怖いくらい静かだわ……」

きゅっきゅっと雪を踏みしめる足音だけが響く。

「もう少しです。この森を抜けたところに、長い桜並木があります。そこに『雪見の桜』があるかもしれません」

「桜並木？　きっとそのなかにあるにちがいないわね」

重い雪に足を取られ、すでにかなり体力を消耗していたシャトレーヌは、侍女の言葉に元気を取り戻した。

真っ暗な森を抜けると、ぽっかりと開けた場所に出た。その先に雪を被った桜の並木が長く続いている。

「あったわ、あそこね！」

シャトレーヌは夢中になって桜林に駆け出した。目を凝らし、一本一本桜を確認していく。

「暗いわ、カンテラをもっと近づけて……」

侍女の方を振り返って、シャトレーヌはぎくりと立ちすくんだ。

誰もいない。

枝がかさなるようにして生い茂る桜林の中に、シャトレーヌが一人ぽつんといた。侍女とははぐれてしまったのだ。

「どこにいるの⁉　私はここよ！　どこ⁉」

シャトレーヌは暗闇に向かって声を張り上げた。にわかに風が強くなった。びゅうびゅう唸《うな》るような風音に、シャトレーヌの声はかき消されてしまう。

「お願い！　返事をして！」

びゅうっとひときわ強い風が吹き付け、コートのフードが大きく後ろに煽《あお》られた。その勢いで体勢を崩し、シャトレーヌは雪の中に転んでしまう。必死で立ち上がり、辺りを見渡す。もはやどちらからやって来たのかすら、わからない。元来た足跡を辿《たど》ろうにも、灯りがなくては全く見えない。

「どうしよう……どうしたら……」

風が雪まじりに変わってきた。このまま本格的に雪が振り始めたら、小柄なシャトレーヌはたちまち埋もれてしまう。

「お城は……どっち、お城にもどらなきゃ……」

当てずっぽうで歩き出す。とにかく歩いていれば、はぐれた侍女と出くわすかもしれない。あちらもきっと自分を捜しているだろう。雪風はますます激しくなり、ほどなく吹雪になった。もはや一寸先も視界が利かない。コートにも雪靴にびっしり雪が張り付き、身体が重くなる。体温がどんどん奪われ、意識が朦朧《もうろう》としてくる。

「誰か……誰か来て……レオポルド様……レオポルド様ぁ……！」

シャトレーヌは声を限りに愛する人の名前を呼び、よろめきながら歩きつづけた。

「シャトレーヌがいないだと⁉」

夜半過ぎ、政務を終えたレオポルドが寝所に赴くと、ベッドは空っぽだった。またもやなにか拗ねられてしまったかと、シャトレーヌの寝所に行くと、そこにも彼女はいなかった。異常を感じたレオポルドは、侍従達をすべて叩《たた》き起《お》こし、城の隅々までシャトレーヌを捜させた。

しかし彼女の姿はどこにもなかった。

「もっとくまなく捜すのだ！」

レオポルドが侍従達を叱咤《しった》しているところへ、真っ青になったシャトレーヌ付きの侍女が飛び込んできた。

「た、大変です！　陛下、シャトレーヌ様の雪靴と手袋、フード付きの毛皮のコートが見当たりません！　もしかしたら、戸外にお出かけになったのかもしれません！」

「なんだと⁉」

レオポルトの顔からもみるみる血の気が引く。

「ばかな！　外は吹雪《ふぶ》き始めているんだぞ！　なぜ夜半にそんな愚かなことを⁉」

侍女は首を振って泣き崩れる。

レオポルドは声を張り上げた。

「すぐに兵達に装備をさせ、城外を探索させせよ！」

「はっ！」

侍従達はちりじりに散った。レオポルドは寝間着を脱ぎながら、侍従長に怒鳴る。

「私も捜す！　直ちに着替えを！」

城中の兵士が、シャトレーヌの捜索を開始した。しかし吹雪はさらに激しくなり、うっかりすると捜索している兵士達が遭難してしまう恐れもあった。

「必ず複数人で固まって捜索をせよ。単独で動くと凍死する可能性もあるぞ！」

白貂のポンチョ型のマントを羽織ったレオポルドは、兵士達にきつく注意すると、自分は真っ先に森の奥へ向かった。

「あ、陛下こそ、お一人では危険です！」

兵士達が必死で後を追うが、レオポルドは鬼神のような勢いで深い雪の中を進んでいく。あっという間に兵士達は置き去りにされてしまった。

「シャトン！　シャトン！」

レオポルドは喉も張り裂けんばかりに、何度も彼女を呼んだ。

声をからして桜並木まで辿《たど》り着《つ》くと、雪の降り積もる地面に、なにか赤い毛皮のようなものが埋もれているのを見つけた。慌てて駆け寄り掘り出すと、シャトレーヌの赤狐のコートだ。張り付いた雪でずっしり重くなっている。歩くのが困難になり、脱ぎ捨てたに違いない。

「この近くにいるはずだ――」

レオポルドは目を凝らして必死で見渡す。ふと、この先に狩りのときの泊まるための小屋があることを思い出した。ひょっとしたらという予感がし、レオポルドはそこへ向かった。

木を組んだ小さい小屋は、半ば雪で埋もれていたが、ドアに上がる階段に、うっすら小さな足跡が残っていた。

「シャトン、いるか!?」

レオポルドは積雪で閉ざされたドアを、力任せに蹴り開いた。

びゅうと雪が吹き込む。小屋の中は真っ暗だったが、火のない暖炉の側に小さな人影がうずくまっている。

「シャトン！」

駆け寄って抱き起こす。真っ青になって凍え切ったシャトレーヌだった。閉じた瞼《まぶた》も唇も血の気が失せ、身体はくったりと脱力しきっている。

「シャトン！　私だ、しっかりしろ、シャトン！」

声をかけぐらぐらと揺さぶったが、彼女はまったく反応しない。細い手首を掴んで脈をみると、とぎれとぎれだが心臓が脈打っている。

「このままでは凍死してしまう――」

レオポルドは自分のマントでシャトレーヌをくるむと、暖炉の側に寝かし、小屋の隅に積み上げてある薪《まき》を取りにいった。シャトレーヌは小屋に避難《がた》したものの、暖炉の火の起こし方がわからなかったのだろう。着ていたシャツを細かく引き裂き火口の代わりにし、いつも身に付けている火打石でそれに火を着ける。火口が燃え上がると、小枝をくべ、薪を燃やしていく。

ぱちぱちと薪が爆《は》ぜ出すと、レオポルドは火の側にシャトレーヌを横たわらせた。

「これで温まって、気がついてくれるとよいが――」

レオポルドは立ち上がって、窓から外を窺う。もはや外は猛吹雪になっており、これでは助けを呼びに出て行くことはできない。それどころか、捜索に出た兵士達も身動き出来ない状態だろう。まずは夜明けを待ち、明るくなってから脱出することを考えるしかない。

「シャトン――なぜこんな夜に外出などしたのだ?」

レオポルドは青ざめたシャトレーヌの顔を凝視《みつ》めながら、つぶやく。彼女は微動だにしない。すでに息絶えてしまったようで、レオポルドは何度も彼女の口元に顔を寄せ、まだ息があることを確認した。彼女に寄り添い、ごうごう唸る吹雪の音を聞いていた。

「なぜだ!? なぜ私の愛おしむ者は皆、雪に呑まれてしまうのだ!?」

レオポルドは口惜しそうにきりきりと歯を食いしばる。

彼はシャトレーヌの顔を凝視めながら、十年間前に同じような吹雪く日に、一人森の奥へ消えていった許嫁のことを思い出していた。

若く美しいエレーナ。

同じように若かったレオポルドは、どんなに彼女に心尽くしたろう。そして、それはエレーナも同じ思いだったはずだ。

だが。

彼女は突然、死を選んだ。

レオポルドにあてた遺書には、『あなたをもう愛せません。さようなら』と、短くしたためてあった。

彼女の真意が全くわからず、若いレオポルドは彼女に手ひどく裏切られたような気持ちになり、落胆した。

それ以来、女性に心を閉ざして生きてきた。もはや二度と恋などすまい、と思ってきた。

それなのに、シャトレーヌと巡り会ってしまった。

自分よりずっと年若く、まだ少女の面影を残すようないたいけな乙女。はねっかえりで生意気で泣き虫で怖いもの知らず。ほんの小娘だ。この腕の中で思い切り抱きしめたら、つぶれてしまいそうなほど華奢《きゃしゃ》で頼りない姿。だが、その小さな乙女に、獅子《しし》皇帝は心を奪われた。弾けるような生命力に溢れ、無邪気で愛らしくて一途《いちず》な彼女に、身も心も溺れた。シャトレーヌといると、レオポルドの頑で無骨な心が、柔らかく温かくほどけていく。年若く皇帝となり、心に幾重にも鎧《よろい》をまとい、必死で国を治めてきた。エレーナを失ってからは、さらに心を閉ざして生きてきた。特にエレーナが死んだ初冬の時期には、過去の記憶が彼を苛《さいな》み、不安定になりがちだった。あのとき、シャトレーヌが思いがけず謁見の間に飛び込んできた時も、ひどく神経が苛立っていたのだ。誰もが冷徹な皇帝を恐れ、尊敬と敬愛はありつつも一歩引いて接してくる。それでいいと思っていた。

シャトレーヌは違った。なんのてらいもなく軽々と境界を飛び越え、まっすぐにレオポルドの胸に飛び込んできた。彼女は締め切っていたレオポルドの心の扉を、どんどん開けていく。誰の目にも誰の手にも触れさせたくなくて、彼女を私室に閉じ込め、独り占めして愛《め》でた。だが彼女を支配しているようで、実はレオポルドの方が囚《とら》われ人《びと》になっていたのだ。

もし彼女を失うようなことがあれば——。心臓が鷲掴《わしづか》みにされたようにぎりぎりと痛んだ。

ふと気がつくと、暖炉の火は消えかけている。急いで薪を継ぎ足し、火の側で毛皮にくるまって横たわるシャトレーヌを見つめた。身体は冷えきったままだ。もはや顔は蠟《ろう》のように血の気が失せ、このままでは死を待つばかりだ。

レオポルドは思い詰めた顔で立ち上がった。それから素早く自分の衣服を脱ぎ出す。あっという間に裸になったレオポルドは、毛皮にくるまれたシャトレーヌを抱き起こす。濡れたドレスを全て剥《は》ぎ、冷たく凍えた裸体をぎゅうっと抱きしめた。彼女の全てを自分の身体で覆い尽くすように、抱きかかえる。自分とシャトレーヌを毛皮で包み、名前を呼びながら彼女の手足を擦り続ける。

「シャトン、私のシャトン。頼む、目を覚ませ。私のシャトン」

氷のように冷えきった彼女の肌が、自分の体温をも奪っていくようだ。レオポルドは何度もシャトレーヌの額や頬に口づけを繰り返し、名前を呼び続ける。

ふと彼は、自分が涙を流していることに気がついた。

「冷徹な獅子皇帝」と渾名《あだな》され、婚約者を失ったときですら涙をこらえることができた。一国

を背負い、常に自分を完全に律して生きてきた。そんな冷静沈着な皇帝が、この小さな娘には心掻《か》きむしられ、彼女のことになると我を忘れてしまう。

「神よ――どうか、神よ。彼女を助けてくれ。私の命に替えてもよい。シャトンの命を呼び戻してくれ！」

生まれてから一度も、神に祈ったことなどなかった屈強な皇帝は、今滂沱《ぼうだ》と涙を流しながら、天に命乞いを繰り返す。

ごおっと窓の外から不気味に吹雪く音が響いた。

レオポルドは一晩中、シャトレーヌの小さな身体を温め続けたのだ。

激しい吹雪の中を、一人の女性が歩いている。

長い髪とすらりとした後ろ姿は、それだけで美しい。コートも着ず、身体にぴったりした白いドレス姿だ。よく見ると彼女は裸足《はだし》だ。なのに雪に埋もれることもなく、滑るように進んでいく。

「待って！　あなたは、どこへ行くの？」

シャトレーヌは背後からその女性に声をかける。女性はぴたりと立ち止まる。シャトレーヌは、雪が張り付いてずっしり重くなった雪靴で、懸命に彼女に追いつこうとする。

「付いてきてはだめ！」

女性がぴしりと言う。硬質な美しい声だ。

「でも、私、道に迷ってしまったの。お願いだから、一緒に行かせて」

シャトレーヌが必死で追いすがろうとする。するとその女性は背を向けたまま言う。

「あなたの来る所は、こちらではないわ」

すっと女性が右腕を伸ばし、彼方を指差す。

「あなたの行く道は、あちら」

シャトレーヌがその指のさす方に目を凝らすと、なにか黄金色に輝く生き物が悠然と歩いている。大きな獅子だ。黄金のたてがみの獅子だ。不思議なことに、吹雪はその獅子の周りだけ避け、暖かそうな光の球に包まれている。

「お行きなさい」

「あなたは、だれ？」

「私はエレーナ」

「エレーナ……様⁉」

「早く行くのです！　時間がありません！」

女性の声に、弾かれるようにそちらへ向かった。

深い雪に足を取られながら、一歩一歩獅子へ近づいていく。獅子はぴたりと足を止め、じっとシャトレーヌを凝視《み》ている。琥珀色の深い瞳には知性が感じられる。

「私を、連れて行って」

シャトレーヌは震える手を伸ばし、獅子のたてがみに触れる。艶やかなたてがみはほんのりと温かい。

「ああ……温かいわ」

シャトレーヌは生き返る心持ちで、ぎゅっと獅子のたてがみを掴んだ。二度と離さないとばかりに――。

「……ぁ」

ぱちっとなにかが爆《は》ぜる音で目が覚めた。

ぼんやりした視界に、暖炉の赤い炎がゆらゆら揺れた。

「私……」

シャトレーヌははっとする。顔をうずめる豊かな金髪。ムスクの香り。包み込むように抱きしめている逞しい腕。

「レオポルド様……」

シャトレーヌはレオポルドの膝の上に座るような形で抱きかかえられていた。二人とも全裸で毛皮のマントにすっぽりくるまっている。レオポルドはこくりこくりとうたた寝をしてるが、彼女をしっかりと抱いている。吹雪はやんだのか、外は深閑《しんかん》としている。

ゆるやかに記憶が戻ってくる。

昨晩、吹雪にまかれたシャトレーヌはこの小屋を見つけ、命からがら逃げ込んだのだ。雪から逃れることは出来たが、小屋の中は恐ろしいほど冷えきっていて、雪に濡れた身体はどんどん体温が奪われていく。暖炉はあったが焚《た》き付《つ》けることはできず、震えながらうずくまっているうちに、意識を失ってしまったのだ。

レオポルドが救いにきてくれたのだ。あの猛吹雪の中を、命がけでここまで捜しに来てくれたのだ。そして冷えきった身体を一晩中、自分の身体で温め命を蘇《よみがえ》らせてくれたのだ。

そろそろと手を伸ばして、彼の顔に触れてみる。長い睫毛が影を落とす端整な顔がやつれて青ざめている。でも息づかいは力強く温かい。

「ああ……レオポルド様」

嬉し涙が込み上げる。シャトレーヌが肩を震わせる気配に、レオポルドがゆっくりと瞼を開いた。澄んだ琥珀色の瞳と濡れた緑色の瞳が見つめ合う。

「──気がついたか？」

少し掠《かす》れた低い声。

「は……い」

「よかった――」

レオポルドがほーっと深くため息をついた。

「助かって、本当によかった」

しみじみと言われ、涙がぶわっと吹き出した。

「ううっ、ご、ごめんなさ……ひっく……ごめんな、さい……」

しゃくり上げるシャトレーヌの頭を、レオポルドが優しく撫でた。

「もういい、お前が無事だったのだ。もういい」

「レオポルド、様ぁ……」

彼の首にむしゃぶりつき、おいおい泣いた。大きな掌《てのひら》が、背中をあやすように撫でる。

「お前の無鉄砲ぶりにも、もう驚かん。まったくはねっ返りの子猫だ」

「わ、わたし、私……桜を……桜を探そうと……」

「桜だ?」

シャトレーヌは涙を拭いながらうなずく。

「『雪見の桜』といって、真冬に花を開く桜が王城の奥にあると聞いて……」

レオポルドが苦笑いする。

「ああ、ご先祖様がごらんになったとかいう――それはただの言い伝えだろう。おとぎ話のたぐいだ。そんなものを信じて、この吹雪の中をのこのこ出て行ったのか？」

鼻であしらわれ、シャトレーヌは思わず言いつのる。

「で、でも、本当にあるかもしれないじゃないですか！　そうしたら、ぜったいレオポルド様にお目にかけようと、レオポルド様のために――」

あっと、口をつぐむ。

レオポルドが目を見開く。

「私に？　私のためなのか？」

シャトレーヌは黙ってうなずく。

「――まったく、お前は」

レオポルドは呆《あき》れたようにつぶやくと、彼女を抱いたままゆっくり立ち上がった。そのまま窓際に行き、外の様子を眺める。

「すっかり天気は回復したようだ。青空が見える。捜索隊が向かっている頃だろう」

それから彼は、シャトレーヌの裸の胸にそっと顔を埋め、悪戯《いたずら》っぽく言う。

「こんな状況でなかったら、今すぐにでもお前を抱いてしまいたい」

シャトレーヌははっと恥ずかしさに全身を染めた。今さらながらに全裸で抱き合っているのだと自覚する。照れ隠しもあり、つい責めるような口調になる。

「もう！　だいたいなんで二人とも裸なんですか！　いやらしいことをしようと考えていたに

決まってます！」

レオポルドがむっとして言い返す。

「そんなわけがなかろう。凍えた人間を温めるには、人肌が一番なのだ」

「どうだか」

「命の恩人にその態度はないだろう」

「命を失いかけた人間にいやらしいことを考えるのが、不謹慎なんです！」

「だから、違うと言っている」

普段の調子が戻ってきた二人は、ふいに顔を付け合わせぷっと吹き出した。そして鼻先を擦り合わせ、啄《ついば》むような口づけを繰り返した。

「さあ我が城に帰ろう」

「はい」


濡れたドレスは暖炉の火ですっかり乾いていた。着替えたシャトレーヌを、レオポルドは抱きかかえたまま小屋から出た。

「このまま城へ向かっていれば、いずれ兵士達に出会うだろう」

きゅっきゅっと新雪を踏みしめ、レオポルドは力強く足を進める。シャトレーヌは彼の首に両腕を回し、しっかりしがみついた。

命を失いそうになって、心からわかった。

私はレオポルド様に愛されている。

もう彼の心を疑わない。

どんなにぶっきらぼうでも激怒しているときでも、レオポルドが自分のことを心底大事に思っている気持ちは変わらないのだ。

と、急にレオポルドが足を止めた。

彼が息を大きく呑む気配がする。

「どうしたの？　レオポルド様」

彼の胸から顔を上げたとたん、シャトレーヌはあっと声を上げてしまった。

二人は雪をかぶった桜並木に立っていた。

そして、目の前のひときわ大きな古木が、満開の花を咲かせていたのだ。

「雪見の桜……」

晴れ上がった青空から差し込む太陽の光が、雪原にきらきら反射している。白一色の世界に、ほのかな桃色を差した桜の花がこぼれんばかりに咲き誇っている。

「なんと──言い伝えは本当だったのか」

さすがのレオポルドも感銘を受けて声を詰まらせた。

「なんてきれい……」

しばらくうっとり桜に見惚《みと》れていたシャトレーヌは、おもむろにレオポルドの耳元でささやく。

「お誕生日、おめでとうございます。レオポルド様。これが、私からのあなたへの贈り物です」

「うむ」

レオポルドが、今さらながらに気がついたように顔になる。

「ああ、そうか――そうだったな。そうか、そのためにお前は――」

何度もうなずいた彼は、彼女の身体をぎゅっと抱き直した。

「ありがとう、シャトン」

シャトレーヌは頬を染め、消え入りそうな声で言った。

「愛して、います」

今まで、「大好き」とまでは口にできたが、それ以上の想いを吐露するのは、本当に愛されているという自信が持てずにいて、できずじまいだったのだ。

レオポルドの琥珀色の瞳が大きく見開かれる。

「なんだって？　もう一度――」

「愛しています。愛しています。心から愛しています」

彼は喉の奥でぐっとなにか詰まらせるような表情になる。

「もう一度——」

シャトレーヌは今度はきっぱりとした声を出す。

「愛しています。私のレオポルド様。この世で一番愛しています」

彼女を抱く手がかすかに震えているようだ。

そのまま二人は黙って桜の花を見上げた。

「おおぉーい！　皇帝陛下ーっ。御令嬢も、御無事ですかー！」

雪原の向こうから、捜索の兵士達の姿が現れた。

レオポルドはそちらへきりっと顔を向け、いつもの張りのある声で答えた。

「私はここだ！　二人とも無事である！」


その頃、王城にある王弟オルロッド公の私室では——。

「どうやら、あの小娘は命拾いしたらしいな」

錦糸縫いの派手なガウンを羽織ったオルロッド公は、不機嫌そうに座っていたソファに深くもたれた。

「誠に申し訳ありません」

彼の前に頭を深く下げているのは、シャトレーヌを夜の庭に誘い出した、あの侍女であった。

「まあいい、今回のことで兄上の弱点があの小娘にあると、よくわかった。それだけでも、収

穫だ。お前は引き続き小娘の監視を続けろ。今回は、吹雪に巻き込まれはぐれしまったという
ことにしておけ」

「かしこまりました」

侍女は頭を下げたまま部屋を引き下がった。

「さて――これからどう策略を巡らすかな」

口髭を撫でながらオルロッド公がつぶやく。

「次は、ぜひ私も協力させてくださいませね」

ふいに艶《なまめ》かしいハスキーな女性の声がした。次の間のドアが開き、肉感的な身体を白いガウ
ンに包んだ、艶やかな赤毛のエキゾチックな美女が現れた。

「ドロテア皇女、聞いていましたか」

ドロテアと呼ばれた女性は、妖艶に微笑んだ。

「なにもかも――この国を私達のものにするために、力をお借りしますわ」

第四章　身代わりの恋？

あの雪の遭難から数日後。

レオポルドの適切な処置で大事には至らず、シャトレーヌはすっかり元気になった。

その朝、レオポルドが朝食を済ませ政務に出て行くと、シャトレーヌは侍女達を伴ってゆっくりと城内を散策した。

しぶるレオポルドにせがんで、侍女付きで城内の決められた場所であれば歩き回ってよいことにしてもらったのだ。いつぞやのように彼の政務の邪魔にならないように、応接の間や謁見の間のある一階中央の廻廊《かいろう》は立ち入らないように気をつけた。

広大な城には、大きな図書室や、沢山の美術品を飾った部屋、皇帝代々の貴重品を保管してある部屋、立派な聖堂、内庭のガラス張りの温室など、見所も楽しめる場所も沢山あった。

今日は内庭の温室に行って、早咲きの薔薇を摘んでレオポルドの私室に飾ってあげようと思った。

一階のコロネードから内庭に続く廻廊に抜けようとしたとき、陳情の帰りなのだろうか、領民の一行と出会った。

「あ、これは皇帝陛下の――」

一団の先頭にいた老人が、驚いたように声を上げ、さっとひざまずいた。他の領民達も素早くそれにならう。

「いえ、そんなことをされなくても……」

シャトレーヌが戸惑っていると、先頭の老人がわずかに面を上げた。

「御令嬢、私のことを覚えておられますか？」

彼は北ゴート領主であった。

「まあ、あなたは北ゴート領の――」

領主は再び頭を深く下げた。

「感謝いたします。あのとき、あなた様に口添えをいただいたおかげで、我が領民は救われました」

「え？」

「皇帝陛下はあの後、我々に恩情を与えてくださいました。労役は免除され、払いきれなかった税金は、来年以降分割で戻せばよいと、そうおっしゃってくださったのです。本日各村長とともに、御礼にお伺いしたところです」

「レオポルド様が……！」

シャトレーヌは感動で胸がいっぱいになる。ではレオポルドはわかってくれたのだ。怒りながらもシャトレーヌの言葉をきちんと理解し、受け入れてくれたのだ。

「ああよかった、本当によかったわ！」

心から嬉しそうな声を出すシャトレーヌに、北ゴート領主は感涙にむせんで言う。

「あなた様は素晴らしいお方です。あなたこそが、我が皇帝陛下にふさわしい女性です。どうか皇帝陛下と共に、末永くお幸せに——」

シャトレーヌも涙ぐみながら、何度もうなずいた。


「明日、二人きりで出かけないか？」

晩餐の席で、食後のコーヒーを嗜《たしな》みながらレオポルドがふと言い出した。

「まあ、どこにですか？　王都にお忍びでお買い物にでも？」

めったに外出などしないシャトレーヌは顔を輝かせた。

「いや、旅行だ。そうだな、一週間ほどかな」

「え？　旅行？　急にそんな、仕度が——」

目を丸くするシャトレーヌに、レオポルドが断固とした口調になる。

「仕度などいらん。お前は身一つで私に付いてくればいいのだ」

こういうものの言い方になると頑として譲らないことを知っているシャトレーヌは、軽くため息をつく。

「わかりました、地獄でもどこでも付いていきます」

レオポルドが眉根を寄せる。

「地獄などと——全くお前はそういうところが可愛くない。私が連れていくのだから、天国に決まっているだろう」

シャトレーヌは自信過剰な彼の答えに、ぷっと吹きだしてしまう。

翌朝。温かく着込んだシャトレーヌは、毛皮のコートのフードをかぶり、白貂《しろてん》のマフで手をくるみ、レオポルドに言われた通りに一人で城の西門まで赴いた。

すでに開いた門の前に、レオポルドが立っていた。簡素な毛織りのコートと革の長靴姿だ。彼の後ろには、荷物を積んだ馬橇《ばそり》がある。毛深く逞しそうな灰色の馬が、ふーふーと白い鼻息を吐き足元の雪を前脚で掻いている。

「時間通りだな、シャトン。さあ、乗せてやろう」

レオポルドはひょいと彼女を抱き上げると、橇《そり》の助手席に乗せ上げた。そして自分はひらりと御者席に飛び乗る。

「あ？　御者は？　従者は？」

けげんな顔をするシャトレーヌをよそに、レオポルドは鞭《むち》を振り上げた。

「おらぬ。二人きりだと言ったろう」

ぴしりと馬の耳の側で鞭が鳴り、馬が勢いよく前に進む。いきなり橇が走り出したので、シャトレーヌは振り落とされないように慌てて傍らのレオポルドの腕にしがみつく。

「で、でも、危険です……万が一」

自分はともかく、国を背負っている皇帝が事故やなにかの襲撃にでもあったら大変なことになる。心配そうなシャトレーヌの顔に、レオポルドが微笑んで言う。

「安心しろ。我々の視界に入らぬように、腕利きの兵士達が常に護衛に付き従っているのだ。彼らは私達の行動にはいっさい邪魔はしない」

「そうなのね」

ほっとすると、この未知の旅を楽しむ余裕が出た。

「それで、どこへ連れてってくださるの？」

「姫君を『氷の城』にお連れしよう」

「氷の城？　どんな？」

「見ればわかるさ」

森に囲まれた雪道を、馬橇は軽快に進んでいく。生まれて初めて橇に乗ったシャトレーヌは、はしゃいで声を上げた。真っ白な銀世界を雪を蹴立てて走っていくのは、こたえられないうきうきした気持ちをもたらした。目を輝かせているシャトレーヌに、レオポルドは満足そうな笑みを浮かべる。

午後遅くになって、ようやく遠くにぼんやりと雪に囲まれた湖が見えてきた。

「そら、あれがルーラン湖だ。湖が見えたらもうすぐだぞ」

レオポルドはかけ声をかけて馬を励ます。

やがて、湖のほとりに高い尖塔《せんとう》を持つ城の姿が現れた。

「まあ！」

シャトレーヌは思わず立ち上がりそうになった。

こじんまりとした城であったが、まるで氷で造られたように透明感に満ち、きらきら日の光に輝いている。

「あれが『氷の城』なのね！」

「そうだ、城壁をクリスタル板でしつらえてある。美しいだろう？」

レオポルドは馬橇を城門の前に横付けした。門は開いていたが、誰も出迎えない。

「城を守る番人達はいるが、我々の邪魔をしないように申し付けてある。荷物は彼らが運んでくれる。さあ、おいで」

レオポルドは先に橇を下りると、シャトレーヌに手を貸した。コートを脱いで橇の上に置き、手を繋いで城の中に入る。

「うわぁ……」

王城とは比べ物にならないが、それでも高いドーム型の天井まで一面美しいクリスタル張りで、仰け反って見上げていると、レオポルドの長い指が伸びてきてぽかんと開いたままの唇を閉じさせる。

「こら、間抜けた顔をするのではない」

シャトレーヌは赤面する。

「小さな城だからな、部屋数は少ない。だが、この国で一番美しい景色が見られるのだ。これからお前に見せてやろう」

レオポルドはシャトレーヌの手を引き、螺旋型《らせんがた》の階段を昇っていく。

「ああ、わくわくします」

期待と興奮で声が震えてしまう。最上階は小さな展望室のようになっていた。レオポルドが先に部屋に入り、締め切ってあったバルコニーへの観音扉を大きく開く。さあっと鮮烈な空気が流れ込む。レオポルドは再びシャトレーヌの手を取ると、掌でそっと彼女の両目を覆った。

「目を閉じて」

「はい」

言われるままに目を閉じ、彼に導かれてバルコニーへ出た。両手がバルコニーの手すりにそっと置かれる。ひんやりとした石造りの手すりだ。

「では、私が合図したら、目を開けるのだぞ」

「うう、もったいぶり過ぎです」

シャトレーヌがうずうずして言う。レオポルドが焦らすように笑う。

「では三つ数えるから、そうしたら目を開けるんだ。いいか、一、二――」

そこで止めるので、シャトレーヌは軽く地団駄踏む。

「やだもう、意地悪。レオポルド様、早く、早く――」

「ふふ――三、そら！」

シャトレーヌはぱっと瞼を開いた。一瞬日の光で目が眩《くら》み、視界が真っ白になってしまったが、次の瞬間、信じられない景色が飛び込んできた。

「わ、あ！――なんてきれい……！」

シャトレーヌは息を飲んで眼下に拡がる風景に目を奪われた。

プローゼ国一澄み切って美しいと言われるルーラン湖は、遥《はる》か向こう岸まで一面凍り付いている。鏡のように透明に凍った湖の中央を、鋭く盛り上がった氷の道が長く連なっていた。

「あれは……？」

思わずつぶやいた彼女に、背後に立っていたレオポルドが答える。

「あれは『竜の道』と呼ばれている。凍った湖が昼と夜の温度差できしんで、ああいう長い氷の道を作り上げるらしい。『竜の道』が高く盛り上がった年は、豊作だと言われている」

「すごい！　神秘的すぎます！」

シャトレーヌは夢中になって見惚《と》れている。故郷のザクスンは厳寒だが乾燥地で湖もない。生まれて初めて見る光景のあまりの雄大さに、時の経《た》つのも忘れてしまいそうだ。

そっとレオポルドが後ろから腰に手を回してくる。そしていつもするように彼女のつむじに顎をもたせかけ、ぽつりぽつりと語り出した。

「毎年、『竜の道』が生まれる頃に、私は一人でこの城を訪れ、数日だけ休暇を取ることにしているのだ」

「——お一人で？」

「そうだ。ここは私の聖域だ。ひととき、私は皇帝である自分を忘れ、静かなときを過ごすのだ」

「そんな大切な場所に、私なんかを……」

躊躇《ためら》いがちに顔を向けるシャトレーヌの額に、レオポルドが愛しそうに口づけする。

「いつか、愛する女性と二人でこの風景を見たかったのだ——私の聖域に招かれる唯一無二の女性を——」

あまりの幸せにめまいがしそうだ。

ぼうっとしていると、腰に回っていた彼の手が、やんわりと胸を覆ってくる。

「あ……」

ゆっくり円を描くように乳房を揉《も》まれると、徐々に体温が高まっていく。

「や……だめ、だめです」

身じろぎすると、さらに手に力がこもり、その刺激に乳首がちくんと立ち上がってしまう。

「……ん、や……ぁ」

尖《とが》った乳首が布地に擦れて、甘い疼《うず》きが先端から生まれてくる。下腹部の奥がひくんと反応してしまう。するとしなやかな指先が、器用に上衣の結び紐《ひも》を解いてしまう。ほころんだ上衣から、ぽろりとまろやかな乳房がこぼれ出る。

「あ、あっ」

冷気にあたり白い乳肌にさっと鳥肌が立ち、乳首が硬く凝ってしまう。その芯を持った乳首を、男の冷たい指がきゅっと摘《つ》まみ上げると、それだけで心地好過ぎて達してしまいそうになった。

彼女が感じ始めたと見るや、おもむろにレオポルドの長い腕が下肢に伸び、スカートをゆっくり手繰《たぐ》り上げる。すうっと冷気が忍び込み、ぶるりと背中が震える。露《あら》わになった足を温かな掌が愛撫《あいぶ》する。

「あ……だめ……っ」

まだ夕刻前なのに、こんなバルコニーで大胆すぎる。身を捩《よじ》って逃れようとすると、彼の逞《たくま》しい腕でがっしりと押さえ込まれてしまった。逆らえば逆らうほど、レオポルドの指が執拗《しつよう》に下腹部を弄ってくる。薄い恥毛をさらりと撫でられ、びくんと腰が浮く。

「だめですったら……こんなとこで……」

「誰もいない——お前と私だけだ、気にするな」

レオポルドの指が秘裂をなぞり上げる。彼の愛撫を知り尽くした身体が、たちまちじくじくと甘く疼いてしまう。

「あっ……そういう意味じゃ……ぁ」

くちゅりと蜜口を暴かれる。

「そら、もう濡れている——淫らな子猫だ」

レオポルドが嬉しそうな声を出し、潤んだ蜜口をくちゅくちゅ掻き回す。

「んぁ、あ、ちが……レオポルド様が、い、いけないんです……やたら胸を触るから……っ」

さんざん弄られた感じやすい乳首がじんじんひりつく。

「いやなのか？　私にこうされるのが？」

レオポルドが「こう」という時に、指先でくりっと秘玉を転がした。

「きゃ……ぁ、う、だめぇ」

一番敏感な部分を巧みに弄られ、シャトレーヌは思わず腰を振ってしまう。

「いやならやめるが？　どうなんだ？」

隘路《あいろ》の奥からとろりと溢れる愛蜜を指で掬い、何度も凝り始めた花芯を抉じられると、下肢が蕩けてしまうほど感じてしまう。

「い、じわる……あぁ、ひどい、ひどい……っ」

こんなにもレオポルドの思い通りに感じてしまうことが、少し恨めしい。でもその少し無骨な長い指で自在に愛撫されると、気持ち好くてどうしようもなくて、逆らうことなど出来ない。

「ん？　やめようか？」

彼は執拗に秘玉を撫でながら、弱い耳朶《みみたぶ》の後ろに舌を這わせてくる。甘い疼きが全身を駆け巡り、びくんびくんと腰が跳ねてしまう。

「ぁ、あ……や……め、ないで……あぁ……」

疼き上がる愉悦に身を捩《よじ》り、シャトレーヌはたちまち降参してしまった。

「そう、いい子だ。可愛い私のシャトン。感じやすくて淫らで、可愛い——」

耳孔に熱い息が吹きかけられる。充血して膨れ上がった秘玉を執拗に撫《な》で回しながら、長い指がひくつく膣壁に押し入ってくる。ひんやり冷たい指が熱を帯びた隘路に潜り込む生々しい感触に、ぶるりと身震いする。

「あ、あぁ、あ、だめ……ぇ」

きゅんと隘路が彼の指を締めつけてしまう。秘玉も痛いほどに感じてしまい、思わず前のめりに上半身を折り曲げる。するとレオポルドは、逃がさないとばかりに身体を密着させてくる。そうすると、剥《む》き出《だ》しになった柔らかな尻が、彼の下腹部にきつく押し付けられてしまう。

「あっ……っ」

すでに硬く盛り上がった男の欲望がごつごつと当たり、思わず尻を引く。レオポルドが忍び笑いする。漲る下腹部をわざと押し付けてくる。

「お前がそんなふうに刺激するから、そら、私も昂《たかぶ》ってしまう」

「ち、ちがい……あ、あぁん……」

彼が指を鉤状《かぎじょう》に曲げてさらに濡れ襞を掻《か》き回してきた。さらに愛蜜が溢れ、指が蠢《うごめ》くたびにぐちゅぐちゅと淫猥《いんわい》な音を立てる。嵩《かさ》にかかったレオポルドは、指を三本に増やしてぐちゅぐちゅと抽挿を繰り返す。

「ん……んぅ、あ、あぁ、あぁあっ」

感じ切った柔襞を押し広げるように擦り付けられ、執拗に抜き差しを繰り返されると、腰が抜けそうなほどの喜悦に淫らな嬌声が止められない。

「あぁん、いやぁ、だめぇ、も、もうぅ……っ」

びくんびくんと腰を痙攣《けいれん》させて、シャトレーヌは達してしまう。太腿をきゅっと閉じ合わせ、レオポルドの手を締めつけて快感の余韻を味わった。

「う、うぁ、は、はぁ……」

だが、まだ隘路がもの欲しげにレオポルドの指をきゅうきゅう奥へ引き込もうとする。もっと熱く太いもので満たしてほしいと焦れる。達したばかりなのにせつなくて、思わず腰を振り立てて濡れた声を出す。

「れ、レオポルド様……お願い……もっと……」

まだ膣腔に収まったままの指が、くっと動く。ぴったり密着したまま、レオポルドが意地悪く言う。

「ん？　まだ弄《いじ》り足りないか？」

シャトレーヌは顔を真っ赤に染めて首をいやいやする。そして潤んだ瞳で彼を肩越しに凝視《みつ》めた。

「レオポルド様のがいいの……お願い……きて……」

尻に押し付けられた彼の下腹部へそろそろ手を伸ばす。するとその手をぎゅっと掴まれ、はち切れそうに膨れ上がった股間に押し付けられる。

「私の、これが欲しいのか？」

布越しでも灼熱《しゃくねつ》の淫らな造形がありあり感じられ、全身が情欲でぶるりと震える。

「は、い……欲しいの……」

「そんな可愛い声でねだられては、ひとたまりもない。ご期待に添えねばな」

レオポルドが脚衣の前を寛《くつろ》げ、漲る欲望を取り出す。掌にその脈打つ肉塊が触れ、びくんと腰が跳ねる。するりと長い指が隘路から抜け出て、入れ替わりに膨れた先端がほころび切った陰唇に押し当てられる。滴る愛蜜で、つるつると亀頭が滑る。

「あっ……熱い」

「お前のここも蕩けそうに熱い」

先端がぬるぬると蜜口を擦ると、それだけで膣腔が激しく蠢いて反応してしまう。後ろ手に腕を引き寄せられ、その勢いのまま逞しい怒張がずぶりと一気に押し入ってきた。

「あああ、あぁあっっ……」

子宮口を突き破り、脳芯にまで届いたのかと思うほどの凄まじい勢いだった。小柄なシャトレーヌは、普段からレオポルドの巨根を受け入れる瞬間は、衝撃の激しさに一瞬気が遠のいてしまうのだ。自分の腕ほどもありそうな長大で太い欲望が、どうしてこの小さな身体に呑《の》み込《こ》まれてしまうのか、不思議なくらいだ。

だがめいっぱい愛する人を受け入れているという悦《よろこ》びは、何ものにも代え難《がた》い幸せで彼女を満たしてくれる。

「ふ――すごく締まる――そんなに私が欲しかったか？」

耳元で彼が深いため息をつく。そのせつなそうな低い声だけで、軽く達しそうになる。

「はぁ……レオポルド様がいっぱい……で、あぁ……」

艶かしく喘ぐと、レオポルドは後ろ手を引き寄せたまま彼女の胸を羽交い締めし、ゆっくり肉楔を穿《うが》ち始めた。

「はぁっ、あ、あぁぁ、あぁぁっ」

待ち焦がれていた太棹の抽挿に、シャトレーヌは歓喜の声を上げる。硬く漲《みなぎ》った先端が子宮口まで突き上げるたびに、シャトレーヌは感じ入って全身を波打たせ、背中を反《そ》らす。

「んぁう、あ、すご……あぁ、すごい……っ」

思わず悩ましげに腰をくねらせてしまうと、それに喚起されたようにレオポルドの猛々しい責めはさらに激しくなる。がくがくと揺さぶられ、剥き出しになった乳房と尻が淫らに揺れ、それを揉《も》みしだきながら、男はがむしゃらにシャトレーヌを追い込んでいく。

「はぁ、あ、だめ、そこ、そんなに……あぁあ、だめぇ」

腰の角度を変え、感じやすい部分をぐりぐりと抉《えぐ》られると、頭の中が愉悦で真っ白に染まり、甲高い嬌声がとめどなく唇から溢《あふ》れてしまう。

「ここが感じるのだな？　ここが好いか？」

「あ、あぁ、いい……あぁ、いいのぉ……」

媚悦《びえつ》の壷を一心不乱に穿たれると、まるで小水を漏らしたように大量の潮がじゅっじゅっと吹き出し、二人の股間を熱く濡らしてしまう。濡れ襞がうねりながら男の肉胴に絡み付き、貪欲に締め上げてしまう。

「きついな――シャトン、お前の中、とても心地《ここち》好い」

感じ入った彼の声は、腰が砕けそうなほど悩ましい。もう何度も達してしまい、昇り詰めては下り、再び上り詰めるの繰り返しに頭が霞《かす》んでくる。

「ふぁ、あふぅ、あ、も、だめ……許して……もう」

「いやだめだ。この雄大な眺めの中で、存分にくるわせてやる」

そう言うや否や、レオポルドはシャトレーヌの片脚を持ち上げ秘裂をぱっくり拡げ、ずんずんと真下から腰を穿ってきた。

「やぁ、この格好……ああ、あ、恥ずか……んぅ、んんっ」

床に付いた片脚も爪先立ちになるほど激しく突き上げられ、シャトレーヌはひいひいとあられもない悲鳴を上げる。その上に、レオポルドは蜜壷を攪拌しながら、片手で結合部を弄ってきた。愛蜜をたっぷり掬《すく》った指の腹で、膨れ上がった秘玉を擦り上げた。

「うぁ、あ、やぁあ、あぁぁあっ」

激烈な快感に、シャトレーヌは全身をびくつかせて絶頂を極める。

「も……おかしく……なっちゃう……だめぇ、あぁ、だめぇぇ」

敏感な肉芽を揉み潰すように指で刺激され、太い肉楔で最奥を押し回すように突き上げられると、あまりに苛烈な喜悦に意識が真っ白になる。知らず知らずおもいきりいきんで、男の欲望をきつく締め上げ追いつめた。

「シャトン、私のシャトン——」

レオポルドがせつないため息を漏らし、激しい勢いで腰を繰り出し始める。

「ひぅ、う、うあぁ、あぁあぁ」

ぎゅっと閉じた瞼《まぶた》の裏に真っ赤な火花が散る。達する間隔がどんどん狭まり、終《しま》いには絶頂に飛んだままになる。

「あ、だめ、も、お願い……レオポルド様、も、来て、お願い……っ」

「わかった、可愛いシャトン、一緒に達こう――」

レオポルドが背後からシャトレーヌをきつく抱きしめ、がくがくと高速で腰を繰り出す。

「っ、あ、も、達きます……あぁ、もう、達くのぉ……っ」

ひときわ収斂した滾る蜜壷に、男の欲望が激しく弾けた。

「あ、あぁ、あぁぁぁっ……あぁっ」

全身をびくつかせ、シャトレーヌは大量の精を受け入れる。腰をくねらせて激しく身じろぐ彼女の身体を抱きしめ、レオポルドは最後の一滴までくまなく白濁を注ぎ込む。

「……ふ……あ、は……はぁ……」

身体の最奥にまだ脈打つ熱い肉棒を感じながら、シャトレーヌは愉悦で潤んだ目で湖を眺めた。

いつの間にか西に傾いた日が、「竜の道」を茜色に染めている。

それは美しさを越えて、神秘的ですらある光景だった。

真っ赤に色づいた氷の道は、沈みゆく太陽に向かってまっすぐに伸びていた。

「氷の城」での二人きりの休暇は、それはそれは楽しく胸躍るものだった。

昼は凍った湖でスケートを教えてもらったり、雪の家などこしらえたりした。天気の悪い日は、明々《あかあか》と燃える暖炉の側で、チェスやカードや絵合わせ遊びをした。そして、気持ちが昂ればば身体を繋げて、心ゆくまで愛し合う。

番人や侍従はちゃんと城にいるらしいのだが、皇帝の命をきっちり守って、決して二人の前に姿を現さない。まさに二人きりの状態で、レオポルドは食事の仕度も自分でする。

普段多くの侍従にかしずかれているはずの彼は、意外にも料理が上手かった。簡単な炒め物料理などを手際よく作り、シャトレーヌを驚かせた。

「狩りに赴くときなど、何日も番小屋で過ごすこともある。火を起こしたり、煮炊きをすることなど、最低限のことはできるようになるものだ」

「ふえぇー、レオポルド様って万能ですよね」

ぱくぱくとレオポルドの料理に舌鼓みを打ちながら、シャトレーヌは感嘆する。

「ふえぇー、などと、はしたない声を出すでない。貴婦人が」

すっかり甘ったれになったシャトレーヌに、レオポルドは咎めつつも満更でもなさそうだ。しかし、シャトレーヌとしては、あまりにふがいない自分に少し引け目を感じるところもある。

「そうだ、明日の朝は、私が腕を振るいます、お返しに」

いいことを思いついたとばかりににっこりするシャトレーヌに、レオポルドがうろんな目を向ける。

「いや――お前は料理などしたことがないだろう。火もおこせぬではないか」

シャトレーヌはぐっと言葉に詰まるが、むきになって言いつのる。

「男のレオポルド様にできることなら、私だってできます！　なにか食べたいものはありますか？」

レオポルドは苦笑する。

「ふむ、ではゆで卵でも作ってもらおうか」

「ゆで卵、ですか？」

「うん、それならば失敗もなかろう。侍従に命じて、台所の竃の火を絶やさないようにしておく」

「わかりました！　とびきり美味しいゆで卵を作って差し上げますからね！」


翌朝、夜明けまで愛を交わし、全てを出し尽くしてこんこんと深い眠りに落ちていたレオポルドを、シャトレーヌが揺り起こした。

「起きてください、レオポルド様、もう日が高いですよ。朝食の用意ができてますよ」

寝起きの悪いレオポルドの背中にまたがり、ゆさゆさと揺する。

「む――せっかくの休暇ではないか、ゆっくり眠らせろ」

レオポルドが大きな背中をぶるっと揺すると、小柄なシャトレーヌは振り落とされそうになる。首にしがみつき、寝乱れた金髪に顔を埋めて彼の耳朶の側で声を張り上げる。

「おーきーて、ください」

突然がばっと起き上がったレオポルドが、シャトレーヌを羽交い締めした。

「この悪戯子猫め！」

「きゃ……」

大きな胸にすっぽり抱かれ、いきなり唇を奪われる。

「ふ……んぅ、ん」

息が出来なくて、足をじたばたして彼の腕から逃れようとするが、さらに強く抱きしめられ長い口づけを仕掛けられてしまう。

「あ……ふぁ、あ……ん」

いつの間にか強引な口づけに巻き込まれ、彼の舌使いに酔いそうになり、はっと気がつきあわてて押しのける。

「も……う、だめです、おしまい。私の手作りの朝食を召し上がってください」

ちゅっと音を立てて唇を離したレオポルドが、楽しそうに目を眇《すが》める。

「ああそうだったな。期待しているぞ」

ガウンを羽織ったレオポルドの手を引いて、シャトレーヌは食堂へ案内する。朝日の差し込む明るい食堂のテーブルの上には、シャトレーヌの心づくしの朝食が用意されている。

「さあさあ、おすわり下さい。今、紅茶を注ぎますね」

レオポルドを椅子に座らせると、台所の竈にかけてある薬缶からポットに湯を注ぎ、急ぎ食堂に戻る。

レオポルドは食卓の上をじっと凝視《みつ》めている。シャトレーヌが現れると、彼は眉根を寄せて大鉢に盛ってあるものを指差した。

「これは――なんだ？」

「え？　ゆで卵です」

「そうなのか？」

レオポルドは鉢に山盛り入っている卵を疑わしそうな目で見る。どの卵の殻も盛大にひび割れ、白身が風船のように飛び出してでこぼこ膨らんでいるものも多い。

「さあ、お好きなだけ召し上がってください。沢山作りましたから」

シャトレーヌがにこにこしながらティーカップを差し出す。

「む――」

レオポルドは口の中で返事をし、恐る恐るといった感じで鉢の中の卵をひとつ取った。殻を剥こうとすると、白身がごっそり一緒に取れてしまう。レオポルドは四苦八苦といった態で、殻を剥き終わる。白身のほとんどが、殻とともに剥がれてしまった。剥き出しになった黄身は、なにやらどす黒い色に変色している。レオポルドはちらりと正面に座っているシャトレーヌの顔を伺う。シャトレーヌは期待に緑の瞳を輝かせてこちらを凝視めている。レオポルドは黙ってその黒ずんだ黄身を口に入れた。

「む――」

もごもごと何度も咀嚼するが、ぱさぱさの黄身はなかなか喉を通っていかない。ティーカップに手を伸ばし、紅茶とともにようよう飲み下した。

「いかがですか？」

「ん――なかなか興味深い味だ」

「よかった！　ていねいに三時間煮込みましたから！」

あやうくレオポルドは紅茶を吹き出すところだった。

「三時間――」

「さあもっと召し上がって、いくらでもありますよ。ひと籠分全部茹でましたもの」

「――うむ」

レオポルドはその後は無言で次から次へと、ゆで卵を頬張った。大鉢にあった卵を、ことごとく平らげてしまう。

「やだ、私の分まで召し上がってしまって」

口を尖らせるシャトレーヌに、紅茶をがぶがぶ飲んだレオポルドが、深いため息をついて言う。

「あまりに美味くて、全部食べてしまった。お前はオートミールでも食べるがいい」

シャトレーヌは嬉しそうにうなずく。

「はい。お茶のお代わりも持ってきますね」

台所にいったん姿を消したシャトレーヌは、ほどなく戻ってきた。何やら顔色が悪い。黙ってレオポルドの前に座ると、責めるような目つきで彼を睨んだ。

「……嘘つき」

「藪から棒になにを言い出す」

シャトレーヌは口調を強めた。

「ぜんぜん美味しくないじゃないですか！」

レオポルドは目をしばたいた。シャトレーヌは噛《か》み付《つ》くように言う。

「さっきお台所にもどったら、お鍋の底にひとつだけゆで卵が残ってたんです。それで、お行儀が悪いけれど、レオポルド様があんなに美味《おい》しそうに食べてらしたから、つまみ食いしてみたの！」

「う――」

口ごもるレオポルドにシャトレーヌは言い募る。

「し、白身はゴムみたいだし、黄身はチョークの粉みたいにぱさぱさだし、あんなの食べ物ではないじゃないですか！　よくも全部平らげられたものだわ！」

レオポルドは困ったように目を細める。

「いや、食べられなくはなかったぞ」

シャトレーヌはがっくりうなだれる。

「私、ぜんぜんお料理の才能、ないんだわ……」

「いや、お前はそもそも、城では料理などする必要もないだろう」

「スケートもまったく滑れないもの……氷の上に立つこともできないし」

「生まれて初めて滑ったのだ、あんなものだろう」

「チェスは六十五連敗だし……」

「私はこの国のチェス協会の有段者だからな」

「絵合わせだって一勝もできない……」

「昔から記憶力にだけは自信があるのだ」

「こんな私と一緒にいても、面白くないでしょう……」

しょんぼり口を閉ざしたシャトレーヌを、レオポルドは生真面目な表情になって声をかける。

「シャトンは、どうなのだ?」

「え?」

「お前は、ここに来て、面白くないか?　楽しくないか?」

シャトレーヌはぱっと顔を上げ、頬を紅潮させる。

「いいえ、いいえ！　毎日すごく面白くて楽しくて、うきうきどきどきして……今朝のお料理だって、すごくわくわくしました！」

レオポルドは深くうなずいた。

「ではよい。お前が楽しくて面白ければ、私もまた同じ気持ちになる。なにも卑下することはない」

シャトレーヌは涙目になって彼を凝視《みつ》める。

「……いいのですか？　私は、このままで、いいの？」

レオポルドが慈愛のこもった顔でうなずく。

「いいどころか、お前はお前のままでいてくれねば、私が困る。突然お前が万能で妖艶な美女に変貌しても、少しも嬉しくないぞ」

なにげにからかわれたような気がするが、それより彼に対する愛情と感謝が溢れて、すべてはどうでもいいと思う。

「ごめんなさい……拗ねたりして」

「かまわぬ。お前が私のためにあれこれ心を砕いてくれることが、私には嬉しくてたまらないのだ」

シャトレーヌはすっかり気持ちが軽くなり、目尻に溜《た》まった涙を指先で拭い微笑んだ。

「お口直しに、デイニッシュかペストリーでも持ってきましょう」

「いや、もっと美味《うま》いものをいただこう」

「え？」

素早くレオポルドが席を立った。そしてテーブル越しに長い腕を伸ばし、シャトレーヌの腰を軽々と引き上げた。

「あ……」

テーブルにふわりと降ろされる。

「なにを……」

「口直しをしてくれるのだろう？」

そう言うや否や、部屋着の前釦を次々外され、簡素な作りのドレスをあっという間に脱がされてしまう。

「きゃ……」

大理石のテーブルの上で全裸に剥かれてしまった。シャトレーヌは胸を両手で覆い両膝を引き寄せて、羞恥に全身を火照らせる。

「さあ、ちゃんと両脚を開き、香り高い蜜を流す部分を見せておくれ」

「うぅ……はい……」

朝日のさんさんと差し込む食堂で、なんとはしたない格好をしているのだろう。だが、レオポルドの望みなら、何でもかなえたい。そろそろと両脚を開くと、羞恥が甘い痺れにすり替わっていく。

「もっと、自分で開いて私に見せるんだ」

「は……い」

そろそろと股間に手を下ろし、震える細い指先で、蜜口をくちゅりと押し開く。すでに滲み出ていた愛蜜が、とろりと流れ出すのがわかり、全身の血が恥ずかしさに逆流しそうだ。

「初咲きの薔薇の花のようだな。朝露をたっぷりたたえて震えている」

「やだ、そんな風に言わないで……」

どんなに美しく喩《たと》えられても、自分がはしたない格好に興奮して昂っている事実は、死にたいほど恥ずかしい。

「もっと蜜を溢れさせるんだ。やり方を教えたろう？」

「う……」

最近になって、自分で自分の感じやすいところを弄り濡れさせる手淫を教え込まれた。レオポルドをその気にさせる術のひとつだと言われ、仕方なく彼の前で行うこともたびたびあるのだが、彼の視線の中で痴態を晒《さら》す恥ずかしさには未《いま》だに慣れない。その上に、繰り返すごとに自分で気持ち好くなってしまい、極めてしまうことも多く、一人で身悶える姿をあますところなく見られていると思うと、羞恥に拍車がかかってしまう。

「ふ……ぅ、ん」

二本の指で開いた陰唇を、もう片方の手の指でそろそろとなぞる。ぬるりとした感触に、びくりと腰が浮く。溢れた淫蜜を塗り込めるように、指でぽってり膨らんだ媚肉を撫《な》で擦《さす》ると、甘い喜悦に腰がひとりでに揺れてしまう。

「ぁ、は……はぁ……」

ぬめりを帯びた指で、和毛《にこげ》のすぐ下に佇《たたず》んでいる秘玉にそろりと触れる。

「あ、あぁ、あ……」

莢《さや》に収まった花芽を押し出して円を描くように指でこじると、じんじんとした甘痒さが次から次へと湧き上がり、腰が浮くほど感じてしまう。触れてもいない乳首まで同じように痺れて、つんと硬く尖ってくる。

「あぁ、あ、だめ……あぁん……」

くちゅくちゅと淫らな水音が自分の耳に届き、恥ずかしさに全身が火照るのに、指を止めることはできない。

「はぁ、あ、も、溢れて……あぁ、やぁ……っ」

鋭敏な突起を弄り回すと、膣襞がひくひく蠢いてどんどん愛液が吹き出してしまう。

「淫らですごくそそる眺めだ。お前を味わってよいか？　どうか食べてほしい、と言え」

テーブルの前で腕を組んでシャトレーヌの痴態を眺めているレオポルドが、低い声でささやく。

「ん……ふぅ、あ、ど、どうぞ……私を食べて……ください」

快感を途切れさせたくなくて、指を蠢《うごめ》かしながら無意識に彼の言う通りに口にした。

「いいだろう」

レオポルドは満足そうに言うと、テーブルの前に膝を折った。そしてゆっくり股間に顔を近づける。

震える秘裂に彼の熱い息がかかり、シャトレーヌは彼のしようとていることに気がつき、身を強《こわ》ばらせて悲鳴を上げる。もう幾度となく秘所を口腔《こうこう》愛撫されている。初めは恥ずかしくてめまいがしそうだったが、今ではおかしくなるほど激しく感じてしまうのだ。

「あ？　あぁ、だめ、そんなとこ……ぁうっ」

レオポルドはなんの躊躇《ためら》いもなく、彼女の粘膜に恭しく口づけした。ちゅうっと音を立てて口腔に柔襞や秘玉が吸い込まれた。その刹那、雷にでも打たれたような愉悦が全身を駆け巡り、シャトレーヌは目を見開いたまま嬌声を上げげた。自分で触れて得られる快感とは比べものにならないくらい激烈だ。

「ひぅっ、あぁ、あ、やぁっ、だめぇ、だめ、そこっ……っ」

艶《あで》やかな金髪に両手を埋め込み、必死で押し返そうとするが、彼の頭はびくともしない。それどころか、さらにきつく粘膜をちゅうちゅうと吸い上げられ、ぞくぞくした痺れが背中から脳芯に抜けていく。

「う、く、ぅ、汚い……のに、レオポルドさ、ま……だめ、なのにぃ……っ」

涙目で首を振り立てる。彼のぬるついた舌が、感じやすい媚肉を這い回ると下肢が痺《しび》れるように蕩けてしまい、内腿がぶるぶる震える。

「なにも汚くない──シャトン、お前はどこもかしこも甘く美味だ」

溢れる愛液を啜《すす》り上げながら、レオポルドがくぐもった声で言う。大きな手が膝裏を抱えて、さらに淫らに両脚を押し開いてしまう。腫《は》れ上がってひくつく淫部がぱくりと解放される。

「うきゃぁ、あ、やぁ、見ないで、あぁ、舐めないで……もう、あぁっ」

感じ切った秘玉を舌で転がされると、もはや抵抗する気力は失《う》せていた。彼はちゅうっと音を立てて花芯に吸い付き、口腔で攪拌するように秘玉を転がす。

「あ……あぁ、こんな……あぁあ、あ、やぁ……あぁあっ」

こんな場所で禁忌な行為で感じている自分に、異様に興奮してしまう。長い栗色《くりいろ》の髪を振り乱し、息を乱して悶え泣いてしまう。

「こんなに蜜を垂れ流して──甘露だ、たまらない、シャトン」

ぴちゃぴちゃと卑猥《ひわい》な音を立てて、レオポルドは後から後から溢《あふ》れ出《だ》す愛蜜を舌で受ける。

「や……は、あ、だめ、も、達っちゃいます……だめぇ」

びくびくと全身をのたうたせ、達してしまう。

「……は、あぁ、あ……」

レオポルドが口元を濡れ光らせ、顔を上げる。恍惚とした表情で舌なめずりする彼に、シャトレーヌは潤んだ瞳を向ける。

「あ……あ、レオポルド様……今度は私が……」

レオポルドが労《いたわ》るように言う。

「いや無理するな。気持ちだけでいい」

すると彼女はぶんぶんと首を振る。

「私にも、どうかご奉仕させてください……したいんです」

レオポルドがおもむろに立ち上がる。ガウンの前がはだけ、股間の金色の恥毛の狭間《はざま》から、赤黒い剛棒がぬっと頭をもたげている。その漲る欲望を目にしたとたん、シャトレーヌの全身が、迸《ほとばし》るように彼を求めた。

「あ、あぁ……」

テーブルにゆっくり上ってきた彼は、股間が彼女の上にくる姿勢になって覆《おお》い被《かぶ》さった。猛った亀頭の先端から、先走りの雫が滴っている。彼の股間からむせ返る雄の欲望の香りが漂い、シャトレーヌは酩酊しそうだ。

「大きい……いつも、こんなに立派なものが私の中に……」

そろそろと赤い舌を差し出し、ぺろりと先端の窪みを舐めてみる。ぬるりとして微かな塩味を感じる。

「――」

ぴくんとレオポルドの腰が震えた。シャトレーヌは思わず、先端を口に含んでいた。

「んぅ……んんっ」

小さな口腔いっぱいに肉茎を頬張る。あまりに長大で、全部はとても咥えきれない。

「く……ふぅ、んんぅ……」

唇をめいっぱい開き、なるだけ肉茎を呑み込もうとする。

「シャトン、シャトン、頑張らなくてもいい、できるだけで――」

レオポルドが声をかける。

「先端の括《くび》れを唇で擦ってごらん」

「ふぁい、んん、んぅん……」

言われるまま唇を窄め、亀頭の括れをぬるぬると擦る。

不思議な感触だ。彼の先端が太い肉胴が、唇や口腔に触れていくと、全身が燃え上がるように熱くなる。

「ああ上手だ――もっと強く咥えてごらん」

「は……ふ、んぅ、んむぅ……」

亀頭の割れ目からどんどん透明な先走りが溢れ、呑み込みきれなかった唾液とともに唇の端から溢れ、それがちゅぶちゅぶと淫らな音を立てる。

「もう少し奥まで入るか？　舌を押し付けたまま、頭を振ってみて」

言われるままに、太い屹立を喉奥まで呑み込み、肉胴にごつごつ浮いた血管を舌でなぞりながら、ゆっくり吐き出し、再び咥え込む。

「ん、んんぁ、んん、はふ……」

「いいぞ――気持ち好いぞ」

レオポルドがうっとりした声をだす。

彼が感じている。自分の口腔愛撫で気持ち好くなっている。

それが誇らしくて嬉しくて、シャトレーヌは夢中になって唇に力を込め、きゅっきゅっと男根を扱いた。

「は、ふぁ、んんぅ、はぁあ……」

感じやすい舌の上を口蓋を、レオポルドの肉棒が擦り上げていくたびに、下腹部が艶《なまめ》かしく疼いてしまう。

「ここがまだ物足りなさそうにぱくぱくしているぞ」

ふいに、ひくつく蜜口の中へつぷりと長い指先が押し込まれる。

「んぅっ、あ、んぁ、ああっ……」

無防備に開いていた陰唇を刺激され、腰がびくんと跳ね上がる。

「や……はぁ、むぅ、んんぅ……」

慣れない行為に、次第に顎がだるくなってくる。だが、彼をもっともっと感じさせたいという欲求は、せつないほど胸に溢れてきた。誰に教わったわけでもないのに、無意識に両手で彼の陰嚢を包み、やわやわと揉みながら、頭を振り立てている。

「ふ――シャトン、堪らないな」

レオポルドは深いため息をついた。

「もうよい――このままでは……」

レオポルドが腰を引こうとする。ずるりと口腔から濡れ光る陰茎が引き抜かれようとするのに、シャトレーヌは思わずむしゃぶりつく。

「あぁ、どうか最後まで……お願い……っ」

夢中で亀頭や肉茎を咥え込む。嘔吐《えず》きそうになるほど喉奥にまで肉棒を呑み込み、舌を這わせ強く扱き上げる。

「……あふぅ、んんぅ、んんぅ……」

「シャトン――」

レオポルドの声が切羽詰まってくる。シャトレーヌはさらに力強く頭を振り立てる。どくん、と口の中で肉棹がひとまわり膨れ上がった。

「――っ」

レオポルドがびくびくと腰を小刻みに震わせる。次の瞬間、熱く滾《たぎ》った迸りがシャトレーヌの喉奥に注ぎ込まれる。

「んく、くぅ……んぅ、ごくん……」

生暖かい大量の欲望を、シャトレーヌは必死で嚥下《えんげ》する。苦く粘つく白濁は喉に絡み付き、息も出来ず目を白黒にして飲み下す。ようよう陰茎が萎えてくると、レオポルドがゆっくり腰を引き上げた。身体の位置を入れ替えた彼は、熱っぽい眼差しで凝視《みつ》めてくる。

「——シャトン、全部呑んでしまったのか？」

「は、はぁ、はい……」

「なんと無茶な——」

「だ、だって、レオポルド様の全てが欲しかったんです」

レオポルドが苦笑する。

「よくばりな子猫だ」

そっと抱き起こされ、優しく唇を奪われる。

「ん、んぅ……」

シャトレーヌの淫蜜を受けた舌と、レオポルドの白濁液を味わった舌が悩ましく絡み合う。深く舌を吸い上げながら、レオポルドは指先でくちゅりとシャトレーヌの媚肉を暴いた。

「ここがまだ物足りなさそうにぱくぱくしているぞ——」

「んふぅ、んっ」

新たな蜜が夥《おびただ》しく溢れてくる。子宮が疼き、膣腔が激しく飢えて蠢く。

顔を引きはがすように離したシャトレーヌは、彼の目を見据えて懇願する。

「はぁ、あ、もっと、食べて……私の、ここを、もっと……！」

自ら足を大きく開き、誘うように腰を突き出してしまう。

「あどけない顔で、そんなに淫らに私を誘うようになって——」

レオポルドが欲望に掠《かす》れた声を出す。

「レオポルド様が私をこんなに変えたの……いやらしいことが大好きな、はしたない私にしたのだわ……そうでしょう？」

シャトレーヌがもどかし気に腰を振り立てると、ひくひく開閉する陰唇からとぷりと粘つく愛液が溢れ、大理石のテーブルの上に淫らな水溜りを作る。

「そのとおりだ——可愛いシャトン。可愛くていとけなくてはしたなくて、私好みの可愛い子猫——」

レオポルドが覆い被さってくる。精を放出したばかりの彼の男根は、瞬く間に反り返っている。

「ああ、お願い、早く……」

彼の引き締まった首を掻き抱き、ぐっと自分に引き寄せた。

「こうか？　シャトン」

熱く絡み付く淫襞を引き裂くように、太い肉棒がぐぐっと挿入されてくる。

「はぁあっ、あ、すご……あっ」

一気に最奥まで貫かれ、そのとたんに達してしまい、シャトレーヌは悲鳴のような嬌声を上げた。

「ああ、好いぞ、お前の中は素晴らしい」

レオポルドはがつがつと腰を穿ちながら、満足そうな吐息を漏らす。

「んあぁ、あ、お、美味《おい》しい？　美味しいですか？」

「最高だ。お前も、私のものが、美味しいか？」

ぐりぐりと捩《ね》じ込むように肉楔を抽挿され、シャトレーヌは全身を駆け巡る甘い痺れに頭が真っ白になる。

「……ふ、あぁ、美味しい……あぁ、レオポルド様の、美味しい……っ」

絶え間ない激しい律動に、がっちりした大理石のテーブルがぎしぎしと軋むほどだ。

「あぁ、はぁ、あ、また……達く……あぁ、またぁ……っ」

絶頂の余韻に浸る間もなく、次の波が襲ってくる。

「もっと――もっと、私を感じろ。私を貪れ」

レオポルドは律動に合わせて上下に揺れる乳房に顔を埋め、勃ちきった乳首に歯を立てる。

「ひぅ、だめ……ぇ、は、はぁ、は……」

もはや声も出せず、ひゅうひゅうとせわしない呼吸を繰り返しながら、ただただ襲ってくる愉悦に身を委ねた。媚肉が絶頂の悦びに、ぴくぴくと蠕動して男の肉胴を締めつける。

「シャトン――出すぞ――っ」

仕上げとばかりに小刻みに腰を揺すり立てる。男の欲望がどくどくと爆《は》ぜる。

「んぅ、う、あ、熱い……あぁ、あぁあ、あぁあぁぁ……」

柔らかな身体が一瞬ぴーんと硬直し、やがてぐったりと力を失う。しかし膣襞だけは、まだひくんひくんと痙攣を繰り返し、白濁の精をことごとく呑み込もうとする。

「……すき……愛してます」

「私もだ、愛しいシャトン」

二人はしっかり繋《つな》がったまま、けだるい快感の余韻に身を任せていた。


「氷の城」での休暇は、心身ともに二人の絆をさらに深いものにした。

王城に戻ってきた二人を、重臣や侍従達がずらりと揃《そろ》って出迎えた。その先頭にいたオルロッド公が、真っ先に近づいてきた。

「兄上、御無事でお帰りになり、なによりです」

「おおオルロッド公、我が弟よ、留守を頼んで申し訳なかったな」

シャトレーヌの肩を抱いたまま、レオポルドが答える。オルロッド公は、ちらりと彼女を意味ありげな視線で見たが、すぐに兄に向き直った。

「お帰り早々ですが、実は兄上、隣国バイエルからの親書を持って大使の方がおいでになっております」

「なに、ではすぐに着替えて、お出迎えしよう。行くぞ、シャトン」

一歩踏み出した二人に、ふいに控えていた侍従達の後ろからハスキーでしっとりした女性の声がした。

「その必要はございませんわ、皇帝陛下。大使はここにおります」

侍従達がさっと左右に割れて道を空けた。

その中を、一人の女性が滑るように進んできた。すらりと背が高く、燃えるように赤い豊かな髪、深紅の最新スタイルのドレスを見事に着こなした目の覚めるような美女だ。

「これは――バイエル王国第二皇女のドロテア様ではありませんか」

レオポルドが驚いたような声を出す。

「まあ、私のことを覚えていてくださったなんて、光栄ですわ」

ドロテア皇女はレオポルドの前まで来ると、スカートを拡《ひろ》げて優美に一礼した。そのあまりに洗練された所作に、シャトレーヌは目を見張った。

「三年前の友好同盟締結祝賀会、以来ですわね。お目にかかれて嬉しゅうございます。皇帝陛下にはますますご健勝のご様子で」

「いやいや、ドロテア皇女こそ、いっそうお美しさに磨きがかかられた」

レオポルドの言葉にドロテアは顔を上げ、婉然《えんぜん》と微笑《ほほえ》む。

「まあ、お世辞も使えるようになりましたのね。ずいぶんと社交も巧みになられましたこと」

完璧な美貌だ。手入れの行き届いた滑らかな肌、黒曜石のような輝く瞳、真っ赤な口紅がよく似合う形のよい唇。そして、レオポルドと並んでも遜色ないくらいに背が高く姿勢が好い。深くくれた胸元からはむっちりと大振りの乳房が半分のぞき、この上なく肉感的で色っぽい。そして生まれながらの王族だけが持っている気品と高貴さ。

女性として否の打ちどころのないようなドロテアの姿に、シャトレーヌは圧倒され、思わずうつむいてしまう。

「兄上、今回は親善大使として皇女自らが足を運んでくださったのです。お疲れのところ申し訳ないのですが、早速謁見の間で、皇女から親書をお受け取り下さい」

オルロッド公の言葉にレオポルドはうなずいた。

「わかった――シャトン、すまないが先に部屋に引き揚げなさい」

シャトレーヌはこくりとうなずいた。ドロテアが射るような視線で自分を見ているのが、ひどく居心地が悪い。

「では、ドロテア皇女、どうぞ謁見の間へ。ご案内いたします」

レオポルドが淑女に対する礼に則《のっと》って、手を差し出す。ドロテアのすんなりした手が優雅にその掌《てのひら》に乗せられる。そのまま彼女を伴い、レオポルドは城の奥へ向かう。すらりとした二人の姿は、背の高さといい醸しだす気品といい、ぴったりあつらえたような美男美女だった。シャトレーヌはちくんと胸の奥に痛みが走るのを感じた。

いけないいけない、大使のしかも皇女の方につまらない嫉妬心を覚えるなんて。この一週間、レオポルドを独り占めしてどっぷり幸せに浸っていたばかりではないか。

ひとり残されたシャトレーヌは、自分付きの侍女に声をかけようとした。するとオルロッド公がさっと自分の手を差し出す。

「どうぞ、御令嬢。私がお部屋までお連れいたしましょう」

シャトレーヌは躊躇《ためら》ったが、王弟の申し出を断るのは失礼だと思い直し、

「ありがとうございます」

と、彼の手に自分の手を添えた。二人の後から侍女達が付き従う。

最上階の階段を昇る途中、ふとオルロッド公がぼそりとつぶやいた。

「それにしても、あなたはエレーナ様によく似ておられる」

独り言のようだったが、シャトレーヌは聞き逃さなかった。

「オルロッド様、今、なんとおっしゃいました？」

すると彼はうっかり口走ったというような顔をして、狼狽《うろた》えた。

「あ、いやいや御令嬢。今のは忘れてください、私の口が滑りました」

シャトレーヌは彼の袖を引いて言い募る。

「エレーナ様というのは、レオポルド様の亡くなられた婚約者の方でしょう？　ご自分でお命を絶ったというのは、本当ですか？」

するとオルロッド公は困ったように首を振る。

「ご存知でしたか――やれやれ、困ったな。彼女のことは他言無用と兄上からきつく言われていましてね」

そう秘密めかして言われては、シャトレーヌはますます知りたくなる。

「どうか、その方のことを教えてください。私、知りたいんです。だって……愛している人のことはなんでも知りたい。とは、気恥ずかしくてオルロッド公には言えない。

「いちおう、側室ですから……」

「ふむ――」

オルロッド公は顎に手を当て、考える素振りをした。あまり容姿は似ていないが、そういう仕草はレオポルドもよくやるので、やはり兄弟なのだと思わせる。

「では――私の私室においで願えますか？　二人きりで。大事な打ち明け話をいたします」

シャトレーヌはうなずいた。四階の廊下の奥にあるオルロッド公の私室に案内される。ドアの前で、シャトレーヌは侍女達に外で待つよういいおいて、中に招かれた。

オルロッド公の部屋は、レオポルドのそれと対照的に、贅沢で煌びやかな調度品に溢れている。彼は金が好みなのか、調度品はおろか壁紙にも絨毯にも金糸や金箔がふんだんに使われていて、目がちかちかする。

「お座り下さい。そして、これから私がお話しすることは、どうかご内聞に」

金ぴかのソファに腰を下ろしながら、シャトレーヌはうなずく。

「私は、兄上があなたに目を留められたときから、内心胸を痛めておりました」

向いのソファに座ったオルロッド公が、わざとらしくため息をつく。

「それは、どういう意味ですか？」

身を乗り出すと、彼は横目で見ながらさりげなく言う。

「だって——あなたは、エレーナ様に生き写しですからね」

「え⁉」

一瞬、その言葉の意味がうまく頭に入ってこなかった。しばらくして、じわじわと胸の奥に不穏な気持ちが湧き上がってくる。

「なんですって……私が……嘘……まさか……」

オルロッド公はおもむろに立ち上がると、豪華な飾り暖炉の側に行き、その上に乗っていた蓋つきの物入れから、なにかを取り出した。それを持って戻ると、シャトレーヌに差し出す。

掌に乗るくらいの小さな肖像画だった。

「ごらんなさい。エレーナ様に関するものは、兄上が全て処分なさってしまったが、これだけはたまたま私の手元にありましてね」

シャトレーヌはおずおずと肖像画を受け取った。

「！」

目にしたとたん、息が止まりそうなほどの衝撃を受けた。

豊かな栗色の髪、つぶらな緑の目、ほっそりした肢体。自分そっくりの女性が、そこに描かれていた。正確にいうと、あと数年したらシャトレーヌがこんな感じになるだろうと思わせる、女性の姿だった。まるで鏡でも見ているようだ。

呆然《ぼうぜん》としているシャトレーヌに、オルロッド公は秘密めかして言う。

「エレーナ様は、傍若無人で傲慢な兄上に弄ばれたのです。結婚の約束はしていましたが、女好きの兄上にはそんな気はさらさらなかったのだ。さんざん彼女の身体を楽しんだ後、ゴミくずのように捨てようとした。絶望したエレーナ様は、自ら死を選んだのだ」

「う……そ。そんなの……嘘……」

肖像画を持つ手が小刻みに震える。オルロッド公は彼女に顔を近づけ、低い声でささやく。

「兄上は冷酷で恐ろしいお方だ。あなたも気をつけられるがいい。いつかエレーナ様と同じように、飽きられ、捨てられる日がきっと来る。私は年若いあなたが痛々しくてならない。あなたはエレーナ様の身代わりの愛玩物なのだ。兄上は、いずれ皇帝としてその身分にふさわしい女性を正室になさるだろう。悲劇になる前に、よくご自分の進退を考えられる方がよい」

彼の声が、次第に遠くなっていく。頭ががんがんする。つい一時間ほど前まで、熱い幸福に満ちていた胸が、みるみる氷のように冷たくなっていく。

その後、どうやってオルロッド公の部屋を退出したのかすら、記憶にない。あまりに衝撃的な事実に、シャトレーヌは茫然自失としたまま、侍女達に支えられるようにして廊下を歩いていた。

嘘だ、嘘だ、信じられない。信じない。何度も頭の中で反駁する。しかし、打ち消すそばから、自分に瓜二つだったエレーナの面影が瞼の裏に浮かび上がってくる。

レオポルドのあの情熱、優しさ、一途《いちず》な言葉、めくるめくような抱擁――なにもかも偽りだったというのか。

初恋が実り、大好きな人と心通わせ、愛し愛されていたと思っていたのは、全部自分がだまされていただけだったのか。

よろめきながら階段口まで辿《たど》り着《つ》くと、階下から艶やかな女性の笑い声が響いてきた。

「まあレオポルド様ったら、ご冗談ばっかり――」

ドロテア皇女だ。

思わず階段の欄干に縋り付き、階下を見下ろした。

ちょうど真下の廊下を、ドロテアと腕を組んだレオナルドが通り過ぎるところだった。ドロテアの妖艶な美貌を、レオポルドは微笑みながら見返している。

美しい二人。絵に描いたような高貴な二人。あまりにもお似合いだ。

「レ……」

思わず声をかけようとしたが、喉に小石が幾つも詰まっているかのように苦しい。呼びかけることもできず、シャトレーヌは悄然《しょうぜん》とうつむき、その場に立っているのもやっとだった。

その日から、シャトレーヌは風邪を引いたと偽り、部屋に引き籠った。

心配したレオポルドが何度となく見舞いに部屋を訪れたが、病気を伝染《うつ》したくないという理由で、ほとんど顔を合わせることをしなかった。

ベッドに潜り込んだままのシャトレーヌは、本当に頭痛が止まらなかった。

人の心というのはなんて弱くあてにならないものだろう。

ついこの間までレオポルドの愛を信じ、この世になにも恐れるものはなかった。自分は無敵だった。彼を愛しぬき、なにごとも恐れず揺らぐことなどないと思っていた。

だがその愛は、まるで紅茶に浸した砂糖菓子のようにぐずぐずと崩れてしまった。

その上に、あの成熟した美しさに溢れたドロテア皇女の出現が追い打ちをかける。彼女は親善大使として、しばらくプローゼ国に国賓としてとどまることになったのだ。皇女ということで、レオポルドがなにかにつけ彼女の相手を務めている。そんな二人の姿など、見たくはない。下級貴族の自分の身の程が露骨に突きつけられるようで、耐えられない。

こんなにも自分は嫉妬深く、心弱い人間だったのだ。

レオポルドと出会う前の、あの無邪気で怖いもの知らずで夢に満ち溢《あふ》れていた自分は、もうどこにもいないのだ、と哀しく思う。

引き籠もって三日目。

業を煮やしたのか、夜半過ぎ前触れもなく、いきなりレオポルドが寝室に入ってきた。

「いつまでうだうだしている！」

声に苛立ちがある。

シャトレーヌは毛布を頭までかぶり、小さい声で答える。

「冬風邪の治りが遅いんです」

ずかずかとレオポルドの足音が近づいてくる。

「嘘をつくな。侍医に尋ねたら、熱もないそうだぞ」

「ね、熱はなくても、咳《せき》が止まらなくて、ごほごほ」

空咳を何度も繰り返すと、ふいに毛布ががばっと剥がされてしまう。

「きゃっ、なにするんですっ！」

驚いて身を丸めると、レオポルドの腕が伸びて、強引に腰を掴まれベッドから引き摺り出された。

「やあ、離して！　いやぁっ」

じたばたシーツにしがみつこうとしたが、彼の力にはかなわない。逞《たくま》しい胸に抱き上げられ、顔を覗き込まれる。疑心暗鬼に落ち込んでみにくい顔を見られなくないと、さっと顔を背ける。

「なにを拗《す》ねている」

「す、拗ねてなんかいません」

「ぜったい拗ねている。この膨れたほっぺたは何だ」

長い指で頬を突つかれる。そのひんやりした感触に、思わず胸がどきどきする。

「膨れているのは生まれつきです。い、田舎娘ですから」

レオポルドは澄んだ琥珀色《こはくいろ》の瞳でじっと凝視《みつ》めてくる。心の中まで見透かされそうな眼力に、どぎまぎしてしまう。

「ドロテア皇女のせいか？」

どきんと心臓が踊る。半分は当たっている。彼の洞察力に、もう半分の秘密が見破られないかと、動悸《どうき》が速まってしまう。

「やっぱりそうか――」

レオポルドはシャトレーヌの真っ赤に染まった耳朶《みみたぶ》を見つめて言う。

「なにを勘違いしているのか知らんが、彼女はあくまで親善大使だ。その上に同盟国の皇女だ。丁重にお相手するのは、私の仕事なのだ」

「わ、わかってます……そんなことは」

「わかっているのに、ふてくされて仮病を使うとは、私に対してずいぶんと失敬ではないか？」

シャトレーヌはおそるおそるレオポルドの顔を見る。怜悧《れいり》な美貌がまっすぐに凝視《みつ》めている。だから会いたくなかったのだ。

こうして生身の彼と接触してしまうと、自分のつまらないプライドなど消し飛んでしまう。どんなに辛い酷い仕打ちを受けたとしても、この視線ひとつで逆らえなくなる。

本当は彼の胸にしがみつき、本当のことを問いただしたい。なにもかも全部、胸の内を吐露したい。でも、そんなことをしてまで真実を知って、なにになるというのだろう。きっとレオポルドを怒らせ困惑させるだけなのに。

だって——愛しているのだもの。愛しているから、こんなに辛く悩むのに、この腕に抱かれると彼の意のままになってしまいそうだ。心がぐらぐら揺れる。

「ごめんなさい……でも、頭が痛いのは本当なの」

「ふむ」

こつんと彼の額が自分の額に押し当てられる。

「こうすると、私の方に痛みが乗り移ってくれればいいのにな」

きゅんと心臓が甘く痛む。こんな優しくしないでほしい。愛していないのなら、そのように扱ってくれれば諦めもつくのに、どこまでも甘やかすから、未練たらしくなってしまうのに。

「まあいい、お前の可愛い顔を見られたので安心した。あとで私の侍医から、痛みによく効く薬を届けさせよう。明日は親善大使の歓迎パーティーがある。それには出席して欲しい。だからそれまでよく休め」

「……歓迎パーティー？」

「ああ、大広間でダンスもある。そろそろお前を隠しているのも潮時だ。皆にお前を披露したい。うんと着飾っておいで」

彼の真意がわからない。

本当に自分を皇后にするつもりなのか、それともこれも欺きからかっているだけなのか。

ぼんやり考えていると、優しく頭を撫でられそっとベッドに戻される。

「おやすみ、シャトン」

毛布を肩までかけながら、レオポルドが優しくささやく。

「はい、おやすみなさい……」

寝所から出ていくとき、レオポルドは振り返って名残惜しげにこちらを一瞥《いちべつ》した。

そんなささいな仕草にすら心をわしづかみされ、シャトレーヌは泣き出しそうになる。

心が揺れる。

彼と一緒にいたい。でもいると辛い。

この千々に乱れる気持ちを、どう整理していいかわからなかった。

「まったく、皇帝陛下はなかなか手強いわ」

　ドロテアはベッドから起き上がると、全裸のまま飾り暖炉の側の小卓まで歩いてゆき、赤ワインの入ったグラスを取り上げた。ひとくち口に含むと、グラスを持ったまま、またベッドに戻ってくる。

「私の魅力を全開にしてるのに、指一本触れてこないなんて」

　これまた全裸で横たわっていたオルロッド公は、口髭を撫で付けながらなだめるように言う。

「皇女様の魅力は、私が一番よくわかっていますとも。なに、兄だって朴念仁というわけではない。青臭い小娘より、成熟したあなたのほうがずっといいとすぐに気がつきますよ」

「なんとしても、皇帝陛下を我がものにしなければ。兄上がいる上、第二皇女の私は、このままではいずれ国内の格下の貴族に降嫁させられてしまうわ。そんなこと、私の誇りが許さない！」

　オルロッド公は、ベッドの端に腰を下ろしたドロテアの手をやんわり握る。

「ですから、あなたがこのプローゼの皇后になり、いずれ兄上を暗殺し、私と一緒になってくれれば、万々歳なのですよ」

　ドロテアは妖艶に含み笑いする。

「そうね。あなたも私も、二番手という苦渋を充分味わってきたものね。なにがなんでも、この国を手に入れて、頂点に立ちましょう」

オルロッド公もにやりと笑い返した。

第五章　絶望と真実の愛

翌日。

さんざん迷ったが、いつまでもふて寝していても意味がないと思い、シャトレーヌはベッドから出て、歓迎パーティーに出席することにした。これ以上レオポルドに余計な気遣いと心配をさせたくなかった。心の整理はつかないが、今の自分はこの城で生きていくしか術はないのだ。

「どんなドレスがいいかしら……」

侍女達と数えきれないほどあるドレスを、あれこれ吟味していると、化粧室のドアがノックされ、侍女の一人が入ってきた。彼女は、以前雪見の桜に誘った中年の侍女だった。

「シャトレーヌ様、お部屋の外にこのようなものが――」

侍女は手にきれいにリボンがかけられた、大きな衣装箱を掲げている。

「あら、レオポルド様からなの？」

「送り主の名前がありませんが、おそらく陛下からの贈り物でしょう」

「なにかしら、開けてみて」

侍女がリボンを解いて箱の蓋を開けると、中から薄紫色のドレスが出てきた。

「まあ、なんて美しいドレス……！」

シャトレーヌは息を呑む。

滑らかな光沢のある生地で作られたそのドレスは、フリルやリボンはない代わりに、長く裾を引くスカートに細かいドレープが沢山寄せられた無駄のない見事なデザインだった。

「これを着てパーティーに出なさい、ということかしら」

首を傾けるシャトレーヌに、中年の侍女がおもねるように言う。

「そうですとも、きっと。ぜひお召しになってみられたら？」

「そうね」

今までレオポルドの好みのドレスは、可愛らしいピンクや白のフリルやレースのたっぷりあしらわれた少女っぽいものばかりだったので、こんな大人びたドレスを贈ってくれたことが、くすぐったくて嬉しい。

試着してみると、サイズはぴったりだ。だが、襟無しの胸の深くくれたドレスは肩も乳房の半分くらいまで剥《む》き出《だ》しになる。背中も開いて露《あら》わになり、露出の多い色っぽいドレスを着たことがなかったシャトレーヌは気恥ずかしくてならなかった。

「まあ！　よくお似合いです！」

中年の侍女が声を上げると、周囲の侍女達もみな目を見張って感嘆の声を漏らした。

「なんてお美しいのでしょう！」

「真っ白なお肌が、いっそう際立って素晴らしいですわ！」

「さすがです。シャトレーヌ様はこのようなドレスも着こなされてしまうのですね」

シャトレーヌは鏡の前で、繰り返し自分の姿を確かめる。

「お、おかしくない？　似合わないんじゃないかしら？」

何度も侍女達に尋ねるが、皆首を振って、うっとりと賛美する。少し自信のついたシャトレーヌは、このドレスでパーティーに出ることに決めた。

「きっと皇帝陛下は驚かれますわ。シャトレーヌ様の新たな魅力に、とりこになられますよ」

中年の侍女は、狡猾そうな目をしながら口だけは達者にシャトレーヌを誉め讃えた。


――夕刻。

一階の最奥の一面鏡張りの大広間で、賑やかに舞踏会が開かれた。

皇帝専属の楽団が華麗な曲を次々に演奏し、広間の一角には王城の料理長が腕を振るった、絶品の料理が色取り取りに並べられている。真っ白な鬘《かつら》を被った古風なお仕着せ姿の侍従達が、銀の盆にシャンパンのグラスを乗せて、招待客の中を滑るように行き交っている。

王都の主立った貴族らが招かれ、淑女達はここぞとばかりに美しく着飾り、百花繚乱の趣だ。

シャトレーヌは胸踊らせ、最上階からゆっくりと階下に降りていった。通りすがる客達は、皆彼女のあまりの美しさに思わず見惚《みと》れていた。しかし緊張しきっているシャトレーヌには、人々の驚嘆した様子は全く目に入らなかった。この王城に来てから、公《おおやけ》にこんなに大勢の人の前に出るのも初めてで、とにかくレオポルドの恥にならないようにと、それだけを考えていた。

大広間の入り口の前で立ち止まり、深呼吸をして気持ちを落ち着かせる。

一歩中に踏み込むと、大広間には賑《にぎ》やかな演奏と人々の談笑など様々な音が入り混じって反響している。三々五々話に花を咲かせていた招待客達は、シャトレーヌの姿を目にするとはっと目を見張る。

シャトレーヌはまっすぐ奥の間を目指す。そこに玉座がしつらえてあり、レオポルドが待ち受けているはずだ。人混みを縫うようにして、進んでいくと、やがて階の上に座っているレオポルドが垣間見えてきた。

彼は舞踏会用の衣装で、白を基調とした国花の白薔薇の紋様刺繍《ししゅう》入りのジュストコールに袖口と襟にレースの付いた白絹のシャツレースのクラヴァット姿だ。リボン飾りの付いたキュロットズボンに絹の靴下。紋様入りの白の靴。その華麗な衣装も霞むくらい、端整な美貌に輝く金髪。そして堂々とした佇まい。遠目からでも、ため息がでるほど立派だ。

「レオポルド様……」

声をかけようとして、シャトレーヌはどきりとして足を止めた。

玉座の隣の席にドロテアが座っていたのだ。

メリハリのある肉体を強調した深紅の艶やかなドレスに、燃えるような真っ赤な髪を高々と結い上げルビーのティアラを被り、まるで女王のような雰囲気だ。彼女はレオポルドにぴったりと身を寄せるようにして、彼の耳元で盛んになにか話しかけている。レオポルドもしきりにうなずいて相づちを打っている。仲睦まじそうな様子に、シャトレーヌは気後れしそうになる。

あれは社交辞令、社交辞令なのだ。と自分に言い聞かす。唇をきゅっと噛み締め、顔を上げて再び前に進む。

ふと顔を上げたレオポルドが、近づいてくるシャトレーヌに目を止めた。

シャトレーヌがぎこちなく微笑もうとしたとき、さっと彼の顔色が変わった。ふいに立ち上がったレオポルドは、大股でこちらへやってくる。

「レオ……」

シャトレーヌは彼の雰囲気の異様さに気がつき、口をつぐんだ。彼は目の前に立ちふさがるようにして見下ろした。琥珀色の目が据わっている。

「──そのドレスは？」

ぞっとするほど冷えきった声だ。

「え？　わ、私は……」

しどろもどろになる。なにがレオポルドの逆鱗《げきりん》に触れたのかわからない。

「そのみっともない格好はなんだ！　今すぐ着替えてこい！　今すぐだ！」

周囲の者達もびくりとするほど鋭い怒声に、シャトレーヌは震え上がる。顔面蒼白になりながら、必死で歯を食いしばった。ここで泣いてはいけない。衆人環視の中で泣き顔をさらすことだけはいやだ。

「ひ……ひどい……」

血を吐くような思いで声を振り絞る。

レオポルドははっと悪夢から覚めたような表情になった。

「シャトン――」

彼の手が震えるシャトレーヌの細い肩に触れようとする。シャトレーヌはさっと肩を払ってその手を避けた。

「触らないで……！」

シャトレーヌの緑色の瞳は怒りと絶望で潤んだ。彼女はくるりと背中を向けた。

「シャトン――！」

棒立ちになったまま、レオポルドが悲痛な声で呼ぶ。しかしシャトレーヌは振り返ることなく、小走りで大広間を出ていった。

もうだめだ。いたたまれない。

廊下を抜けひと気のない廻廊《かいろう》まで来ると、シャトレーヌは列柱の一本に縋《すが》り付《つ》くようにして、息を整えた。耐えに耐えていた涙が、どうっと溢《あふ》れた。

「う、うう……」

声を殺して忍び泣く。あんな恐ろしい顔のレオポルドを見たのは初めてだ。

頭の中が千々に乱れる。レオポルドのことがわからない。彼の愛情がわからない。疑心暗鬼のまま、彼と暮らすことなどもうできない。

「故郷へ…ザクスンに帰ろう……」

シャトレーヌはそう決心した。しょせん、自分は身代わりの愛玩動物だったのだ。それでも、もう充分可愛がってもらい幸せな思いを沢山した。今、レオポルドが自分に飽き始めているとしても、それを責める気持ちはない。

皇帝陛下に一時でも愛情をかけてもらった。それだけで、もういい。

シャトレーヌは涙をぬぐうと、のろのろと身を起こした。

「先ほどは、お気の毒だったわね」

背後から艶《つや》っぽい声をかけられた。

振り返ると、ドロテアがにこやかに立っている。

「ドロテア様……」

慌てて居ずまいを正し、頭を下げる。

「陛下は少し怒りっぽい気まぐれなところがあるから、彼を許して上げてくださいね」

まるでレオポルドが自分の男であるような物言いだが、悄然としているシャトレーヌは気がつかない。

「ところで、陛下の側室のあなたに、折り入ってお話があるの。今陛下は、同行したバイエルの他の大使達と談笑しているから、今のうちに」

シャトレーヌは意味が分からず首を傾ける。

「私に？　何のお話ですか？」

「いいから、私についておいで」

王族らしい居丈高な口調に、シャトレーヌは脅威を受け、仕方なく従う。

ドロテアは、城の尖塔《せんとう》に上る狭い螺旋階段を上っていく。

「尖塔の屋上なら、めったに誰も来ないから」

他国の皇女がなぜこの城の内部に詳しいのか、疑う余裕すらなかった。

高い尖塔の屋上は、ごうごうと吹きっさらしの冷たい風が吹き荒れている。

「まあ、恐ろしく高いこと、のぞいてごらんなさいな」

屋上の手すりにもたれて、ドロテアが下を覗き込む。

「あの、お話って……」

「ああそうそう――」

ドロテアは振り返って、婉然と微笑む。

「さっき、私は皇帝陛下から正妻としてプロポーズされましたの」

「‼」

シャトレーヌは背後から鈍器で殴られたような衝撃を受けた。

「そ、そんな……」

ドロテアが勝ち誇ったように言う。

「やはり一国の皇帝ともなれば、皇后になる女性はよほど高貴な身分でないと務まらないと、おっしゃられたわ」

「……」

愕然としてシャトレーヌはもはや言葉もなかった。だから先ほど、レオポルドはあんなにも邪険な態度を取ったのか。自分への愛情は薄れ、もう彼には必要ない女になってしまったのか。

茫然自失しているシャトレーヌに、ドロテアはさらに追い打ちをかける。

「あなたは自分の欲望を満たすためだけの、愛人だったのだとおっしゃられたわ。お気の毒ね」

「わ……たし……は」

シャトレーヌはあまりにうちひしがれ、その場で気を失いそうだった。

「ですから、もうあなたに用はないの。これ以上このお城にいても、邪魔なだけよ。だから——

—」

ドロテアのきれいにマニュキュアをした指が、手すりの向こうを指差す。

「もう死んでおしまいなさい」

シャトレーヌは絶望で頭が真っ白になった。ふらふらと催眠術にでもかかったように、手すりに歩み寄る。石造りの手すりの一角が、崩れてぽかりと虚空が見えている。ドロテアの指が、そこを示す。

「さあ、あそこがいいわ。あそこから、飛び降りてしまいなさい」

シャトレーヌは引きずられるようにそちらへ歩いていった。もう、どうでもいいと思った。レオポルドに愛されていないのなら、生きている甲斐もない。崩れた手すりの縁に、足がかかる。びょうっと下から風が恐ろしい音をたてて吹き上がり、シャトレーヌの髪やスカートをたなびかせた。

ふと、脳裏にレオポルドの穏やかに笑う顔が浮かんだ。

『可愛い私のシャトン、可愛いシャトン』

虚ろな目から涙がこぼれる。

棒立ちになっているシャトレーヌに業を煮やしたのか、ドロテアがつかつかと歩み寄ってきた。

「なにをぐずぐずしているの！　さっさとおし！」

やにわに、どん、と背中を突かれた。

くく。


「ああっ！」

　がくんと身体が傾き、足元がすうっと落ちる。とっさに崩れた縁に手をかけていた。

「やぁ、やあっ！　助けて！」

　悲鳴を上げて両手に力を込める。ぶら下がった足から靴が脱げ、はるか下の地面へ落ちてい
「なにをしているの、早く落ちてしまいなさい」

　ドロテアが見下ろして嘲笑う。

「あなたは、自殺したことになるの。恋人に二人も自死されて、皇帝陛下もさぞやがっくりなさることでしょうね」

　逆風に真っ赤な髪をなぶられているドロテアの姿は、まるで魔女のようにおぞましい。

　落ちる。死んでしまう。シャトレーヌの全身が恐怖に凍り付く。その瞬間、シャトレーヌはやっとわかった。

　生きていたい。愛されなくてもいいから、生きていたい。

　なんて自分は愚かだったのだろう。

　身代わり？　愛玩動物？　それがなんだというのだろう。どんな形にせよ、レオポルドが自分をとても愛でてくれたことに変わりはない。その愛が今、冷めてしまったとしても、あの宝物のような思い出があれは生きていける。

自分はレオポルドの幸せこそを祈ったのではないか。たとえ彼が他の女性と結ばれたとしても、幸せになってくれれば、それでいいのだ。

（彼の側に居られれば——ずっと凝視《みつ》めて生きていければ、他になにもいらなかったのに……！）

あふれた涙が暴風に吹き飛ばされていく。縁にしがみついた指が感覚がなくなり、痺《しび》れてぶるぶる震える。

「さて、もう終わりにしましょう」

嘲笑うようなドロテアの声が頭から降ってくる。彼女は崩れた手すりに近寄ると、先の細い革のハイヒールで、ゆっくりシャトレーヌの甲を踏みつけた。

「ああっ！」

ぎりっと強く踏みつけられ、激痛とともに指の力が抜けていく。

「いやぁっ、助けて！　レオポルド様……レオポルド様、レオポルドさまーっ！」

シャトレーヌは声を限りに叫んだ。それが最後の力だった。ずるりと指が縁から外れた。

がくんと身体が落下した。

（愛しています、レオポルド様！）

最後の瞬間、シャトレーヌは目を閉じてのめり込むようにそう思った。

瞬間、ぐっと手首が力強く掴《つか》まれた。

身体ががくんと空中に静止する。

「⁉」

はっと目を見開くと、懐かしい大きな手が、がっちりと自分の手首を握りしめていた。

「シャトン！」

力強いレオポルドの声。

彼は崩れた手すりから半身乗り出すようにして、腕一本でシャトレーヌを支えている。青ざめた顔が壮絶に美しい。逆風に黄金の髪が翻り、果敢に突撃する獅子《しし》のようだ。

「レオポルド様……っ」

どっと全身に安堵《あんど》の血が駆け巡る。

「いいか、そのままじっとしていろ！　一、二──三」

ぐぐっとレオポルドの腕に身体が引き揚げられる。華奢《きゃしゃ》な彼女の身体は、軽々と浮き上がったかと思うと、次の瞬間にはすとんと彼の胸の中に抱きとめられていた。彼が彼女を抱えたまま、崩れるように石畳に尻を着いた。

広くて温かい胸、甘いムスクの香り。

「怪我はないか⁉　どこも痛くないか？」

彼が性急に彼女の身体をくまなく見る。その心から気遣わしげな顔に、ふいにシャトレーヌの顔がぶわっと歪んだ。

「ふ……うぁ……あぁあっ、あぁぁん、あぁん、レオポルド、様ぁ……っ」

彼の首にぎゅっとしがみつき、わんわん泣きじゃくる。

「よしよし、もう大丈夫だ。私の腕の中にいればお前に害をなすものは、なにも近づけない」

レオポルドが何度も髪を撫でてくれる。その手の感触の優しさに、ほっとして嬉しくて愛しくて、もう涙が止まらない。

「怖かったの……怖かった……怖かった……ぁ」

ひくひく肩を震わせ彼の真っ白な礼服に顔を押し付けて、せっかくの美麗な服に涙の染みを作ってしまう。

「すまぬ——すまなかった。酷いことを言った。お前を傷つけるようなことを口にした私を、どうか許せ」

レオポルドは彼女の頬を伝う涙を唇で受け、震える紅唇にそっと口づけた。それから彼女の目をひたと見つめて言う。

「なにもかも、お前に告白する——その前に……」

レオポルドはシャトレーヌの身体をそっと離し、静かに立ち上がった。屋上の隅で、ドロテアが腰を抜かしたようにへたり込んでいる。レオポルドは巨体でのしかからんばかりに、その前に立つ。

「さて、皇女殿。このいきさつを説明してくれぬか？」

「え？　な、なんの、ことかしら……私は……なにも……」

ドロテアは顔面蒼白になり、がくがく震えながら言う。レオポルドの琥珀色の瞳が、憤怒に金色に光った。彼は懐から短剣を取り出し、すらりと鞘を払い、鋭い切っ先を彼女の柔らかそうな喉元に突きつける。

「言い訳は無用だ。侍従のひとりが、あなたとシャトンが尖塔への階段を昇っていったのを目撃している。胸騒ぎがして急ぎここへ辿り着くと、あなたが彼女の手を踏みつけて落下させようとしているところを、しかとこの目で見たのだ」

ドロテアは恐怖で目を見開き、ぜいぜいと喉の奥で荒い呼吸をした。

「私……」

くっとレオポルドの剣先が皮膚に押し付けられる。

「私が短気だということは、聞いていよう」

ドロテアがひいっと悲鳴を上げて泣き叫ぶ。

「オ、オルロッド公の企みよ！　なにもかもあなたの王弟の指図なのよ！　あなたの大事な女を亡きものして、その代わりに私が皇后の座に収まるようにと……！」

レオポルドの顔がみるみる激昂《げっこう》する。

「それは――いずれはこの国を、弟とあなたが手に入れるための策略ということか⁉」

「ひいぃ、お、お許しください！　どうか、後生《ごしょう》ですから！」

もはや恥も外聞もなく血の気の失せた顔を引き攣《ひつ》らせ号泣するドロテアの姿は、醜悪ですらあった。ひいひい泣きわめきながら、自分の足元に縋り付いてい命乞いをするドロテアを、レオポルドはじっと凝視《みつ》めていた。

「レオポルド様……もう、どうか」

シャトレーヌが側に寄り添い、彼の腕にそっと自分の手をかけた。レオポルドは深いため息をつき、冷静な声で言った。

「皇女――私はバイエル皇国とは末永い友好を保ちたいと願っている。あなたのはかりごとは、全て私の胸ひとつに収めておこう。すぐ帰国なさるがいい――だが」

再び琥珀の瞳がかっと燃え上がる。

「今後、私のシャトンになにかあれば、私は迷いなくあなたの行いを世間に暴露し、貴国と国交を絶つ!」

「あ、ああ、ありがとうございます! もう決して、シャトレーヌ様に仇成すことはいたしません!」

ドロテアは這いつくばって平伏すると、よろよろと立ち上がり全力でその場から逃げ出した。

「――シャトン、これでよいのか?」

短剣を鞘に収めると、レオポルドがぽつりと言う。シャトレーヌは彼の腕に自分の腕を絡め、こくんとうなずく。

「はい……私は、もうこれ以上の悲しいことも、争いごともたくさんです」

レオポルドはさっとシャトレーヌを抱き上げた。

「私のシャトン——これから全てを打ち明けよう。お前には辛い話になるかもしれない。その後でも、私を許してくれるか？」

彼の表情は、未だかつて見たことがないくらいに苦渋に満ちていた。知的な白い額に寄る一本の深い苦悩の皺《しわ》を、シャトレーヌは細い指でそっとなぞった。この哀しい皺を消すためなら、どんな苦痛でも受け入れよう。

「私はだいじょうぶです。レオポルド様の中の善いことも悪いことも、全部受け入れたいの」

「シャトン——」

レオポルドは声を震わせ、きつく彼女の身体を抱きしめた。


歓迎パーティーは、主賓のドロテア皇女が体調がすぐれぬために急遽帰国することになり、宴半ばで中止となった。招待客達が騒然としているなかで、オルロッド公が警邏《けいら》の兵達に囲まれて大広間から連行されていったことには、誰も気がつかなかった。

レオポルドは自分の部屋のソファに腰掛け、膝の上にシャトレーヌをちょこんと座らせ、その髪を撫でながら、ぽつりぽつりと話をした。

「——かつて、私が若い頃に許婚《いいなずけ》がいたことは、お前もどこかで聞いているだろう」

　シャトレーヌはうなずく。

「はい……エレーナ様、というお名前でしたね」

　レオポルドが少し驚いたように目を見開く。

「お前は知っていたか。では、彼女が雪降る夜に、コートも羽織らず城の奥庭に出て行き、自死したということもか？」

　シャトレーヌは小さくうなずいた。

「そうか——お前はそこまで知っていて、私を問いつめることはしないでいてくれたのか」

　レオポルドが感謝の眼差しを投げかけるので、シャトレーヌは恥じらって頬を染め首を振った。

「いいえ、私……真実を知るのが怖かっただけなの……そんな思い遣りのある人間なんかじゃありません」

　レオポルドがわずかに微笑《ほほえ》む。

「そうかな？　普段のお前なら私の胸ぐらにしがみついて、わんわん泣きながら問いつめてくるのではないか？」

　シャトレーヌは、今度はむっとして赤くなる。

「ちょ……そんなに子どもじゃありません！」

　レオポルドの長い指が、あやすように頬に触れる。

「それならお聞き――あの日、雪の降り積もった朝、エレーナは氷のように冷たくなって見つかった。私は愕然とした。なぜ彼女が自分で死を選んだのか、理解がいかなかった。その理由は、今でも不明だ。ただ、私は悲しみよりも怒りが先に立った。理不尽な彼女の死に、気持ちをかき乱され、彼女を恨みすらした――そして、死んだエレーナが着ていたドレスは、今お前が着ているドレスにそっくりだった」

「え⁉」

シャトレーヌはぎくりと身を竦《すく》めた。では、このドレスはレオポルドが贈ってくれたものではなかったのだ。何者かが、レオポルドを動揺させるために、送りつけたのだ。その人物は多分――オルロッド公。シャトレーヌはそのことは口に出さなかった。

「私はお前の姿を見て、驚愕《きょうがく》した。まるでエレーナが生き返って、そこに立っているようだったからだ。なにかの悪夢かとすら思った」

レオポルドはわずかに言い淀んだ。その次の言葉を探しあぐねているようだった。シャトレーヌは、思わず口走った。

「私が――エレーナ様に似ていたからですね」

レオポルドはぐっと言葉に詰まる。一瞬目を伏せ、それからかすかにうなずいた。

「その通りだ――お前は、そこまで知っていたのか」

彼はぽつりとつぶやく。

「さぞ、苦しんだことだろうな」

シャトレーヌは無言でこくんとうなずいた。もう彼に対して、自分の気持ちを偽ることはやめようと思ったのだ。レオポルドは表情を引き締め、真摯な眼差しで彼女を凝視《みつ》めた。

「確かに、最初にお前に出会った時、エレーナに生き写しで心魅《ひ》かれたのは確かだ——だが、お前のことを知るにつれ、私はどんどんお前自身に魅かれていった。今はお前だけしか見えない。お前しか愛せない。愛しているのはお前だけ、お前だけなのだ」

「レオポルド様……」

シャトレーヌの顔がくしゃっと崩れ、泣き笑いのような表情になる。

「今まで、お前にエレーナのことを打ち明ける勇気がなかった。お前を傷つけ、嫌われるのが、心から恐ろしかったのだ」

「そんなこと——」

美貌と立派な体格と知性を併せ持ち、広大なこの国を統べている皇帝陛下が、こんな小娘の気持ちひとつに一喜一憂していたというのか。胸がぎゅっと締めつけられ、熱くなる。

「き、嫌いになんかなるわけがないじゃないですか！　わ、私はレオポルド様が天使でも悪魔でも、ぜったいにぜったいに嫌いになんかなりません！」

緑の目の縁にみるみる涙が溜まり、溢れそうになる。泣き虫だが、今は泣きたくない。ぐっと唇を噛み締め、レオポルドの顔をまじまじ見る。彼も無言で見返す。

時が止まったように、二人はしばし見つめ合っていた。

それから、どちらからともなく顔を寄せ、唇を重ねた。

「ん……」

しっとり濡れて温かい彼の唇の感触。いつもの口づけより、さらに数倍心地《ここち》好い。普段のように性急に舌を使うことなく、レオポルドは顔の角度を変えては、何度も何度も唇を擦り付けるような口づけを繰り返す。

「あ……ふぅ、んぅ……」

労るような謝罪するようなその口づけに、うなじから背中にかけてぽうっと熱くなり、甘い痺れが駆け抜ける。やがて、彼の舌がゆっくり歯列を割って入り込んでくる。自ら舌を差し出し、彼の舌を捕らえる。

「……は、ふぁう、んぅ、っ」

ふいに気持ちが溢れたように、レオポルドが激しく舌を吸い上げてくる。大きな彼の掌《てのひら》が、シャトレーヌの後頭部を抱えて、さらに密着させてくる。

「ん、んん、は、はぁ……んんぅ……」

全身が甘く陶酔して、あっという間に脱力してしまう。彼のもう片方の手が、剥き出しの肩を撫《な》で回し、それからドレスの前身ごろの結び紐《ひも》をゆっくりと解く。ほろりとまろび出た乳房を、掌がやわやわと揉《も》みしだく。

熱い吐息を漏らしてしまうと、顔がそっと離れる。レオポルドの琥珀色の瞳が欲情して、金色に光っている。シャトレーヌも、濡れた目で彼を見返した。

「愛している」

「私も、愛しています」

彼の唇が、耳朶《みみたぶ》に触れ首筋を伝う。

「あ……」

華奢な肩から鎖骨を這っていく。その濡れた感触に、ぞくぞく感じてしまう。乳房を揉みしだく指が、くりくりと凝り始めた乳首をこじると、もうそれだけでじゅくんと下腹部が潤ってくるのがわかる。

「ふ、あぁ……あ……」

彼の膝の上で腰をくねらせると、柔らかな尻にごつごつと彼の隆起した男根が当たり、慌てて身を硬くする。

「お前が欲しくて、もうこんなになっている」

耳朶に熱い息とともに淫らにささやかれる。その低い声にも、身体中が熱く昂《たかぶ》ってくる。はだけた乳房のあわいに彼が顔を埋め、高い鼻梁《びりょう》で擦りながらちゅっちゅっと口づけする。

「っ、あぁ、あん……っ」

「あん、はぁ……」

きつく吸い上げられ、透けるような白い肌に口づけの跡が赤く散る。そのちくんとした痛みにすら、恥ずかしいほど感じてしまう。

「は……ぁあ、あ」

レオポルドはさらにドレスを引き下ろし、剥き出しになった滑らかな背中を撫で、脇腹を擽《くすぐ》るように指を這わせる。いつもより焦らすような、丹念な愛撫《あいぶ》にもどかし気に身を捩《よじ》り、ひっきりなしに甘い鼻声が漏れてしまう。

「可愛い、可愛い声だ、いくらでも聞きたい、いくらでも泣かせたい」

レオポルドの指や掌が、シャトレーヌの感じやすい肌や器官を繊細に愛撫する。

「や……も、あぁ、だめ……ぁ」

蜜口がきゅうきゅうと収斂し、期待にうずうずと蜜を垂れ流しているのがわかる。

レオポルドがスカートを捲《めく》り上げ絹の下履きを引き下ろすと、待ちきれないように自ら両脚が開いてしまう。

「すごいな、こんなに溢れて――」

レオポルドの指先が軽く陰唇に触れただけで、どっと熱い蜜が滴ってしまう。ぬるりとほころび切った蜜口を掻き回され、膨れた秘玉を掠められると、ぶるっと背中が震えてしまう。

「は、あぁ、も、早く……お願い……」

もじもじと急かすように腰が揺れてしまう。レオポルドももはや我慢出来ないという風に、脚衣の前立てを寛《くつろ》げ、逞しい屹立を掴《つか》み出す。

「さあ、そのままゆっくり腰を沈めてみろ」

細腰を抱えられ、彼の下腹を跨ぐ格好で尻を浮かされる。

「え、や……そんな……」

自分から受け入れていくなんて、顔から火が出そうなほど恥ずかしい。しかし、灼《や》け付くような情欲に煽《あお》られ、彼の逞しい両肩に手を添えて、おそるおそる腰を降ろしていく。笠《かさ》の張った先端が、ひりつく秘所に触れると、その熱い感触に身体がびくんと戦慄する。

「あ、熱い……ぬるぬるして……」

少し躊躇《ちゅうちょ》したが、そのまま思い切って腰を沈める。ずぶずぶと太い亀頭が呑《の》み込《こ》まれていく。

「ふあ、あ、んんぅ、あぁ、挿入《はい》って……」

長大な彼の欲望を受け入れていくと、脳芯が痺《しび》れるほどに心地好く、背中を仰け反らせて甘く喘いでしまう。濡れ襞《ひだ》を押し広げるようにして、太い肉胴の根元まで収まった。

「あ、深い、あぁ、深いの……」

自分の体重をかけて真下から受け入れているせいか、今まで交わったどんな時よりもさらに最奥に彼が届いているような気がする。

「ふ――絞まるな」

レオポルドが満足そうなため息を漏らす。

「そのまま腰を上下に動かして、自分で気持ち好くなってみろ」

シャトレーヌはあまりに深々と繋《つな》がってしまい、躊躇《ためら》ってしまう。すでに触れ合った粘膜同士が、とろとろに蕩けてひとつに融合してしまったような錯覚すらする。

「や……怖い、あんまり深くて……」

「怖くはない。可愛いお前の乱れる様を、はっきり見せておくれ」

耳元で熱くささやかれ、頬や耳朶に口づけを繰り返されると、媚肉がじわじわ蠢き、その疼《うず》きに背中を押されるように、そろそろと腰を持ち上げる。

「んあぁ、あっ……」

ずるりと淫襞を巻き込みながら抜け出る喪失感に、悪寒のように喜悦が全身を震わせる。亀頭の括《くび》れまで抜いてから、ふたたび腰を沈める。そろそろと動こうと思うのだが、体重がかかってしまうと、硬い先端がずぐりと子宮口まで届いてしまう。

「ふぁあ、あ、ぁあん」

最奥まで突き当たると痺れるような愉悦が拡がり、四肢から力が抜けてしまう。それを何度も繰り返しているうちに、次第に湧き上がる快感を貪ることに夢中になった。

「は、はぁ、あ、あぁ、あぁあん」

「――っ、そうだ、上手だ、いいぞ、シャトン」

「んんぅ、あ、レ、レオポルド様、も、気持ち、好いですか？」

自分ばかり好くなってしまっているのではと、潤んだ瞳で彼の表情を伺う。

「ああ好いよ——とても好い、素敵だ」

白皙《はくせき》の頬をうっすら赤く染め、レオポルドが心地《ここち》好さそうに目を眇《すが》めている。彼が感じていることが嬉しくて、ますます大胆に腰を振り立てる。腰を引き上げる時にきゅうっといきむと、体内に収まった硬い欲望の造形がくっきりと感じられ、それが淫らな喜悦に拍車をかける。

「はぁ、あ、あぁ、気持ち、好い、あぁ、あぁあ……」

腰を打ち付けるたびにぐちゅんぐちゅんと愛蜜の弾ける卑猥《ひわい》な音が、尻上がりに大きく響く。

「その泣き声が、堪らん」

ふいにシャトレーヌの腰の動きに合わせ、レオポルドが下からずん、と腰を突き上げた。

「あぁ、やぁっ、あぁ、奥まで、届いて……ひぅうっ」

あまりの衝撃に、シャトレーヌは髪を振り乱し白い喉を仰《の》け反《ぞ》らせて嬌声《きょうせい》を上げた。その揺れる細腰をレオポルドはしっかり抱きかかえ、今度は自分からずくずくと激しく揺さぶりをかけた。

「やぁっ、そんなに……しないで、あぁ、あ、あぁっ」

感じ過ぎていやいやと首を振りながらも、彼を咥え込んだ腰が男の抽挿に合わせて揺らめいてしまう。突き上げられるとうねる淫襞がさらに奥へ誘い、抜け出るときには絡み付いて引き込もうとする。

「く――シャトン……」

媚肉の淫らな攻めに、レオポルドもせつないため息を漏らす。膝の上で淫猥《いんわい》に踊るシャトレーヌのまろやかな乳房が、誘うようにたぷんたぷんと揺れる。彼はそこに顔を埋め、尖《とが》った乳首を口腔《こうこう》に含んだ。

「ひぅう、あ、だめ、おっぱい……舐《な》めちゃ……あぁあっ」

敏感な乳首を舐めしゃぶられると、四肢までじいんと痺れ、喜悦に戦慄する結合部からさらにとぷりと愛液が溢《あふ》れてしまう。

「これも好きだろう？　シャトンの好きなことを、いくらでもしてやる」

ちゅうちゅうと音を立ててひりつく乳首を吸い上げながら、レオポルドはさらに激しく肉楔を突き上げる。

「あ、あぁあ、あ、も、だめ……あぁっ」

何度も極めてしまい、シャトレーヌは忘我の境地を彷徨う。

愛する人のものを受け入れ、互いに与え合い奪い合いながら悦楽を貪る多幸感に、シャトレーヌは酔いしれる。

「あぁ、好きです、レオポルド様、愛してる、大好き、あぁ、好き……っ」

彼の首に両手を回し、金髪に顔を埋めるようにして繰り返しささやく。この人しか愛せない。この人しか欲しくない。

「私もだ、お前だけ——お前だけが、私のすべて——」

レオポルドが息を荒くしながら、性急に腰を打ち付けてくる。煮《に》え滾《たぎ》る膣襞の中で、彼の欲望がぐんと膨れる。彼も絶頂が近い。

「はぁあ、あ、いい、あぁ、レオポルド様ぁ……」

「っ——私もだ。シャトン、ああ、もう、出してよいか？」

「んんぅ、あ、来て……ください、いっぱいください……っ」

二人は息も鼓動もぴったり合わせて、互いの粘膜を擦り付け合う。

「あぁ、また……達っちゃう……あぁあっ」

「達くぞ——シャトン、一緒に——」

最後の仕上げとばかりに、がくがくと激しく揺さぶられ、シャトレーヌの脳裏に喜悦の火花が弾ける。

「あぁあ、あ、あぁ、や、あぁあぁぁっ」

「——っっ」

ほぼ同時に達した二人は、息を詰めてびくびくと痙攣《けいれん》する。

「あぁ、あ……はぁ、あ……」

大量に注ぎ込まれた熱い飛沫を最奥で呑《の》み込みながら、シャトレーヌは陶然として汗ばんだ男の胸に顔を埋める。

「あぁ……レオポルド様のものが、いっぱい……あぁ……」

引き締まった大胸筋にうっとりと頬をすり寄せると、レオポルドが愛《いと》おしげに髪や額に口づけしてくる。彼の精を受け入れ、じんわりそれがお腹《なか》の中に広がっていくこの瞬間が大好きだ。身も心も彼を独り占めしているこの瞬間が、至福の時だ。

「シャトン、可愛いシャトン――」

シャトレーヌが陶酔した顔を上げ、二人は繋がったまま何度も口づけを交わし合う。

シャトレーヌは、今やっと心からレオポルドの妻になった、と思う。恋の美酒に酔いしれていた段階から、さらに二人の仲に固い絆が生まれたような気がした。

これからも迷うことも悩むことも悲しいこともあるだろう。でも、もう逃げない迷わない。

レオポルドが側にいる限り、シャトレーヌの居場所はこの胸の中しかない。そう心から思う。

「――まだ、大丈夫かな？」

ゆっくりと唇を離したレオポルドが、悪戯《いたずら》っぽそうな声を出す。

「え？　……あ……っ」

シャトレーヌの中の萎えた陰茎が、むくりと硬度を増した。

「うむ――今度はベッドでゆっくり愛し合おう」

シャトレーヌの尻を抱え、レオポルドがそのままゆっくり立ち上がった。

「な……あ、も、もう、いいです、もう……」

自分の中に収まっている肉胴が、みるみる膨れてくるのを感じ、シャトレーヌは狼狽《うろた》える。

「よくない――まだ足りん」

レオポルドは彼女と繋がったまま寝所の方へ歩き出す。

「も、やだ……壊れちゃう……からぁ」

これ以上本格的に交わったら、本当にどうにかなってしまう。レオポルドの金髪をぎゅうぎゅう掴んで懇願するが、彼は平気な顔で寝所のドアを脚で蹴り開けた。

「今夜は寝かさない――覚悟しろ」

獣のような彼の言葉に、シャトレーヌは悲鳴を上げる。

「ひゃあ……」

「お前は肝心な時に、どうしてそう貴婦人らしくない声をだすんだ。まったく」

レオポルドが睨んでくるが、目は笑っている。

「もう、覚悟しました――煮るなり焼くなりお好きにしてください」

シャトレーヌがため息をつくと、彼は白い歯を見せて笑う。

「そういう生意気な口も、すぐにきけなくしてやろう」

シャトレーヌは幸せ過ぎて困った、という表情になる。

第六章　溺愛花嫁

王都の雪が緩み始めた。

日差しが日に日に柔らかくなり、人々は空気に春の気配を感じ始めた。

その日、シャトレーヌは新しくしつらえた自分の部屋で、侍女長から刺繍の手ほどきをうけていた。

新しい部屋は、三階のレオポルドの私室のある階に造られた。レオポルドの私室とドアひとつでつながっている。シャトレーヌの好みを取り入れ、シンプルな白色で統一したすっきりした部屋だ。シャトレーヌは以前レオポルドが、国民の税金を使うのだから私室は質素でいいと言った言葉をしっかり覚えていた。レオポルドはいくらでも贅沢な部屋にしてよいと言ってくれたが、彼女は首を振ってあくまで簡素な部屋を望んだのだ。

「シャトン！　いるか？」

突然ドアがノックされ、同時にレオポルドが部屋に入ってきた。

「まあ皇帝陛下、前触れもございませんで――」

侍女頭が慌てて頭を下げる。突然の来訪に、シャトレーヌはしかめっ面になる。

「もう、レオポルド様、来られるのなら来られるで、ちゃんと知らせてください！」

「む――ノックをしただろう」

そのままずかずか入ってくるので、シャトレーヌはため息をつく。

「ノックと同時にドアを開けてしまうんですもの、心づもりもなにもないわ」

「なんだ、せっかくよい知らせを一刻も早くお前に伝えたくて、こうして皇帝自ら足を運んで来たというのに」

レオポルドもむっとする。

心得ている侍女長はさっと頭を上げ、

「ではお二人だけで、ごゆるりとお話なさいませ。用があれば私は控えの間におりますので、呼び鈴を鳴らしてください。失礼いたします」

と言うと、素早く退出した。

二人は少し気まずそうに顔を見合わせる。

「それで――よい知らせってなんですか？」

シャトレーヌが口火を切ると、レオポルドは軽く咳払《せきばら》いした。

「――実は先ほど重臣会議を行っていたのだが」

彼はふいに満面の笑みになる。

「満場一致で、皇室法典の改正がなされたのだ。すなわち、皇帝は皇后になる女性を、身分の如何に関わらず、娶れることになった」

「え？　えっとそれって……」

シャトレーヌはその意味を計りかねて首を傾げる。

「つまり、お前は皇后になれるということだ」

レオポルドがにんまりする。

「会議で重臣どもを少し脅迫した。お前と結婚できないのなら、私は一生女を寄せ付けず跡継ぎも作らない、と宣言してやったのだ。プローゼ国が絶えてしまっては、さすがに頭の固い重臣どもも困るだろうよ」

シャトレーヌはぽかんと口を開けていた。

今、彼が言った言葉がきちんと頭に入ってこない。

「え？　ええと……今、なんて？　あ、の、私の耳がおかしいのかも……」

なんと間抜けなことを、と口にしてから自分で自分をぶってやりたいほど後悔する。

レオポルドがかすかに苦笑いする。

「ふむ、では騎士の礼に則ろう」

彼がおもむろにシャトレーヌの前にひざまずいた。そして彼女の小さな手を取って、恭しく甲に口づけする。

既視感で心臓がどきどきして、頭がぼんやりする。ああこれ——初めてレオポルドと出会った時も、彼はこうして手に口づけてくれたのだ。あの瞬間、すとんと恋に落ちた。

「シャトン——いやシャトレーヌ。どうか私の正妻になってくれ。私の唯一の妻に。私の命と引き換えに、お前を一生守ろう。ここに誓う」

「っ——」

今度こそはっきりと聞こえた。呆然《ぼうぜん》とし、次に全身が浮き立つような喜びが襲ってくる。そして、言葉を失ってしまう。レオポルドが、真摯な眼差しで彼女を見上げてくる。

「どうか、承諾してくれ。この恋に落ちた哀れな獅子に、寛大な慈悲をくれ」

「わ、わわ、わたし……私、も、もも……」

どうして人生の大事な場面に限って、決め台詞《ぜりふ》を噛《か》んでしまうんだろう。情けなくて涙が出る。

「もちろんです……！　私なんかでよかったら、レオポルド様に全て差し上げます！」

一気呵成に言い終えて、はーっと息を吐き出すと、頬が燃えるように熱い。

「ありがとう、私のシャトン」

彼が端整な顔を優しくほころばせる。夢みたいでめまいがしてくる。そっと片手で自分の頬を抓ってみる。痛い。夢じゃないのだ。

「本当に、私でいいんですか？」

「お前しかいない」

「こ、こんな子どもみたいな私で……」

「いつか育つ――いや、もう充分育っている」

「だ、だって胸も腰もちっちゃくて……ちっとも女らしくないし」

「シャトン」

「レオポルド様と一緒にいると釣り合わなくて、親子みたいで……」

「シャトン」

レオポルドがおもむろに立ち上がる。見下ろしていた彼の顔が、いきなり真上になり、あらためてものすごい身長差に気恥ずかしい。彼の大きな手が、そっと顎を持ち上げて自分を向かせる。

「お前がなにを言おうと、私はもう決めた。お前を妃にする。有無は言わせぬ」

そういう強引な彼が大好きで、嬉しくて嬉しくて胸がばくばくいう。でも、口では拗《す》ねてみせる。

「それなら、私に聞かなくてもいいじゃないですか」

「む――」

そら、少し困った顔になる。困った彼も大好きだ。偉大な獅子皇帝を困らせる自分が、ちょっと得意だ。

ふいに横抱きに身体を掬《すく》い上げられる。

「きゃっ……」

そのまま唇を奪われる。

「ん……む、むぅ」

「生意気な可愛い口は塞いでしまうぞ」

あっという間に熱い舌が歯列を割って、押し入ってくる。

「んう、んん、んぅ……」

舌を絡めとられてきつく何度も吸い上げられ、甘い陶酔にすっかり骨抜きになってしまう。

唾液の銀の糸を引いて彼の唇が離れると、躊躇《ためら》いも迷いもすべて彼に呑み込まれてしまったようだ。

「……幸せにしてくださいね」

潤んだ瞳で凝視《みつ》めると、彼も熱っぽい視線で答える。

「いくらでも。いつまでも」

再び唇が重なる。

今度はシャトレーヌも自ら舌を絡ませ、彼の口腔を存分に味わう。

「ふ……んぅ、ん……」

夢中になって口づけているうちに、いつの間にか寝室の前に移動している。

「ふ……？」

目を見開いているうちに、レオポルドはドアを脚で蹴り開けて、中に入っていく。

「あ、あ、待って……」

「待たない」

「もう……っ」

いつでも彼は強引だ。シャトレーヌのことを勝手に決めてしまう。なのにそれがいつでもシャトレーヌの望むことばかりだから、少しも文句は言えない。

まるで私の人生の予言者みたい、と胸の内で思う。私を幸せに導く偉大なる予言者。あまりの幸福にぼうっとしているうちに、ベッドに転がされあっという間にドレスをむしり取られてしまう。明るい寝室で素肌を晒《さら》す羞恥に、身体を丸めて隠そうとする。

「あ、きゃ、やっぱり、待って……まだお昼だし、少し、お話を――」

レオポルドは自分の衣服を素早く脱ぎながら、性急な声を出す。

「話すことなど、もうなにもないだろう。お前は私のプロポーズを受け入れた。お前は私の妃になる。幸せにしろというから、抱いてやる」

「ちょ……幸せって、そういう意味じゃ……あっ」

ぐっと足首を引かれてシーツの上にうつ伏せに倒れた。細腰をぐいっと持ち上げられ、尻を突き出すような格好にされてしまう。

「やぁ、この格好、いやぁ……っ」

丸い小さな尻から窄まった後孔、秘裂まで彼の眼前に剥《む》き出《だ》しになり、恥ずかしさに顔から火が出そうだ。

「まさに子猫のポーズだな。可愛い尻だ。また少し堅い桃のようで、これからもっと熟して甘くなる」

柔らかな双臀が、彼の大きな手に包まれてすべすべと撫でられると、ぞくんと背中が震える。

「私だけが味わえる果実だ」

そう言うや否や、彼の顔が剥き出しになった尻の割れ目に押し付けられる。

「あ、んんぅ……っ」

ぬるりとした舌の感触が、媚肉を這う。

「なんだもう甘露を垂れ流して——口ほどにもない」

ふっと秘裂に熱い息を吹きかけると、レオポルドはさらに濡れ襞を長い舌で舐《ねぶ》り出す。

「や、あ、だめ……恥ずかしい、あ、あぁ……」

淫らなポーズで背後から口腔愛撫を受ける恥ずかしさに、全身が沸騰しそうに熱くなる。

「なにが恥ずかしい？　こうしてしゃぶってやると、嬉しそうに腰を揺らしてさらに蜜をあふれさせる——気持ち好いのだろう？」

レオポルドがくちゅくちゅ淫らな音を立てて、花唇を掻《か》き回す。

「んぅ、あ、き、気持ち好いです……けど、けど……恥ずかしいのは恥ずかしいの……っ」

息を弾ませながらも言い返すと、なにが可笑《おか》しいのか背後で彼がくすりと笑う。そして、硬く膨らんだ秘玉を一気に口腔に吸い込んだ。

「ひうぅ、あ、あぁあっっ」

痺れる愉悦が身体を駆け抜け、びくびくと腰が痙攣する。ちゅばちゅばと音を立てて淫蜜を吸い上げ、舌で腫れ上がった花芯を転がされると、もう少しも保たなかった。

「やぁあ、あぁ、だめ、ぁああ、あああぁあっ」

間断なく甘い快感に襲われ、絹のシーツに顔を擦り付け、悲鳴のような喘《あえ》ぎ声を上げ続ける。あんなに恥ずかしかったのに、もはや自分から淫らに両脚を開き、彼の端麗な顔に濡れそぼった陰部を押し付けるようにしてしまう。

「はぁああ、あ、そこ、もう……痺れて……あぁ、だめ、だめぇ……」

背後からだとはしたなく悶える自分の顔が見られないという安心感からか、いつもより嬌声が甲高くなってしまう。彼は巧みな舌使いで膨れた秘玉を転がしたり、ひくつく柔肉ごと吸い上げたりして、自在にシャトレーヌを絶頂に追いやる。

「は……ひ、ひぅ、うあぁ、あ、も、辛い……あぁ、辛いのぉ……」

過度の刺激が連続すると、行き過ぎた喜悦は苦痛になってくる。とば口で極めた絶頂を、膣壁も求めてきゅうきゅうと収縮を繰り返す。

「う、ぁう、れ、レオポルド様、も、お願い、そこ、許して……も、だめ……」

白い喉を仰け反らせて、掠《かす》れた声で懇願する。濡れた顔を股間から上げたレオポルドが、飢えた獣のような低い声を出す。

「まだ許さん」

刺激から解放されて、へたりとシーツの上に倒れ込んだ彼女の腰を、彼が再び引き寄せる。

「もっともっと幸せにしてやる」

「あ――も、もう、充分……あ、あぁ」

彼の熱く脈動する怒張を受け入れたら、さらに我を失ってしまうとわかっている。思わず四つん這いのまま前に逃げようとすると、ぐっと尻を掴まれ硬く屹立した肉塊が濡れそぼった陰唇に押し当てられる。そのまま巨大な肉胴がずぶずぶと押し入ってくる。

「くぅ……あぁあぁ、あ、入って……あぁあ、あぁっ」

一気に最奥まで貫かれ、そのままぐちゅぐちゅ愛蜜を弾かせて、乱暴に揺さぶられる。

「あ、あぁ、あ、深い……あぁ、奥……そんなにしちゃ……壊れ……っ」

湧き上がる激しい愉悦に頭が真っ白に染まり、がくがくと彼の抽挿に合わせて身悶えるだけになる。

「好いか？　シャトン、私を感じるか？」

ばつんばつんと肉の打ち当たる卑猥な音を立て、レオポルドは腰を穿つ。

「ふぁ、あ、奥が、奥に……あぁ、すごい……っ」

目の前にちかちか愉悦の花火が煌《きら》めく。ぐりぐりと最奥を抉《えぐ》られ、感じ過ぎて吹き出した潮がシーツに滴り落ちる。獣の体位で犯される興奮に全身の血が沸き立ち、シャトレーヌも獰猛《どうもう》に喜悦を貪る。

「あぁ、あ、レオポルド様ぁ、あぁ、もっと、もっとください……っ」

「いいとも、こうか？　これが好いか？」

「はぁっ、あ、そこ、そこいい……あぁ、いいのぉ……っ」

立て続けに激しく突き上げられ、子宮口まで熱い愉悦が弾ける。蕩《とろ》けた頭はもうなにも考えられず、ただただレオポルドがもたらす快感に身を任すだけになる。

「——っ、シャトン、奥が下りてきて、きつい——」

彼女の細腰をがっちり抱えて腰を繰り出しながら、レオポルドもまた悦楽に酔いしれた声を漏らす。

「可愛いシャトン、これが好いか、好きか？」

「ん、んぅ、はぁう、好き……あぁ、好き、レオポルド様……っ」

柔らかで白い裸体をのたうたせ、シャトレーヌはレオポルドの与える悦《よろこ》びの全てを味わおうとする。淫猥な獣欲に煽られ、無意識に自ら腰を突き出し、さらなる快楽を得ようとする。

「く――シャトン、もっていかれそうだ」

レオポルドがくるおしげに息を吐く。

「はぁ、あ、あぁ、下さい……レオポルド様の……たくさん、欲しいの……っ」

シャトレーヌはシーツを掻きむしりながら、腰をぶるぶる震わせる。

「――達くぞ、全部お前にやる……っ」

最奥でどくんと欲望が膨れ上がり、次の瞬間びゅくびゅくと濃厚な白濁が弾け飛ぶ。

「んんぅ、あ、あぁ、熱い……いっぱい……あぁあぁぁ」

シャトレーヌは全身でいきんで、男の精の最後のひと雫まで絞り出そうとする。同時に達した二人は、折り重なるようにしてシーツの上に崩れ落ちる。

「……はぁ、あ、ぁあ……」

「――素晴らしかった……シャトン」

背中に男の力強い鼓動を感じ、シャトレーヌは迸るような生の悦びを感じる。この人と生きていくのだ。これから先も、ずっと――。


王城の桜並木が満開に花開いた頃。

皇帝レオポルドと皇后シャトレーヌの結婚式が、大々的に執り行なわれた。

国を挙げての一大祝賀ということで、その日は祝日となり、王城は一般に門戸を開き、お祝いに訪れる民衆は引きも切らず、城門から王都の大通りまで長蛇の列が続いた。

王都の大聖堂で、レオポルドとシャトレーヌは結婚式を挙げた。

シャトレーヌは羽のように軽い素材で作らせた、繊細なレースをふんだんに使った真っ白なウェディングドレス姿だ。裾が長く引き、透かし模様のあるヴェールも長く美しい。髪の毛は複雑に結い上げ、そこにダイヤのティアラを被っている。袖無しで肩を剥き出しにし、胸元の膨らみを強調した、大人っぽいデザインだ。

レオポルドは、皇帝だけが着用出来る礼服姿だ。白と金色を基調とした、裾に細かい金糸の刺繍を施した長衣に、金のサッシュベルトを締め、裏地に白貂の毛皮を使った深紅の長いマントを羽織っている。豪華な衣装に負けないほど男らしい美貌、輝く金髪。まさに王者の風格そのものだ。

二人で腕を組んで、礼拝堂の祭壇に向かって真っ赤な絨毯の上をしずしずと進んでいく。

左右に立ち並ぶ招待されたおおぜいの貴族達は、厳粛な面持ちで拍手をし、彼らの姿を見守る。その中には、涙を堪えて祝福の拍手を送るシャトレーヌの両親の顔もある。

「あ……あ、レオポルド、私、もう目が回って……気絶していいですか?」

緊張のあまり頭がのぼせ上がったシャトレーヌは、ほとんどレオポルドに支えられるようにして歩いている。

「花嫁が宣誓式の前に気絶しては、一生の笑いものだぞ、しっかりしろ」

レオポルドが彼女にだけ聞こえる声で、叱咤《しった》する。それからそっと付け加える。

「すごくきれいだ——そのドレス、とてもよく似合っている」

シャトレーヌの気持ちがやっと落ち着いてきた。

「よかった——こんな大人っぽいドレス、似合わないかと思っていたの」

「とんでもない、お前はもう立派な貴婦人だ」

二人は微笑《ほほえ》みながら視線を絡ませる。

司祭の待ち受ける祭壇は、もうすぐ目の前だ。


晴れて神の前で結婚を誓い合った後、王城の内庭に向けた大きなバルコニーで、二人は民衆に晴れ姿をお披露目をした。

初々しく美しい皇后と堂々たる男っぷりの皇帝の姿に、誰もがうっとり見惚《みと》れ祝福を惜しまなかった。人々の歓声は止むことがなく、皇帝夫妻は何度も何度もバルコニーに出ては、彼らに手を振るのだった。


今までのレオポルドの私室が、皇帝夫妻の部屋に改築された。改築というか、もともとドアひとつで繋がっていたシャトレーヌの部屋をくっつけただけの簡素なものだ。質実剛健なレオポルドと慎《つつ》ましいシャトレーヌには、それで充分だった。

夜半過ぎ、国賓達への挨拶やら晩餐会やら、やっと全ての祝いの行事が済み、レオポルドとシャトレーヌは自分達の部屋に戻ってきた。体力自慢のレオポルドも、さすがに気疲れした様子だ。一方のシャトレーヌといえば、まだぽうっと夢見心地だ。

部屋のドアの前まで来ると、レオポルドはさっとシャトレーヌを横抱きにした。

「きゃ……っ」

慌てて彼の首にしがみつく。レオポルドは後ろにかしずいていた侍従達にきっぱり言う。

「今宵《こよい》はもはや用はない。皆、下がってよい」

侍従も侍女も一礼すると、素早く引き下がった。

「さて、我が花嫁。愛の茵《しとね》へご案内する」

レオポルドは彼女を抱きかかえたまま部屋の中に入り、まっすぐ寝所を目指す。幸せに酔いしていたシャトレーヌは、はっと我に返った。寝所に飛び込むや否や、レオポルドは肩でマントを振り捨て、シャトレーヌを大きなベッドに投げ出した。

「あ、レオ……」

慌てて起き上がろうとすると、すでにレオポルドがのしかかってくるところだった。

「あ……ちょ、待って……あの、まだドレスを……」

「かまわぬ。もう一瞬たりとも我慢出来ない」

レオポルドの手が、さっとウェディングドレスの暈《かさ》ばるスカートを捲《めく》り上げた。絹の下着やストッキングが引き裂くようにむしり取られてしまう。そしてそのまま自分の膝に抱え上げる。あまりに破廉恥な行為に、頭に血が昇る。長い指が、性急に太腿から下腹部を弄《いじ》ってくる。

「だ、だめ、せっかくのドレスが、汚れて……」

「ふん、どうせもう二度と着ないのだからかまわん」

「そ、それはそうだけど……あっ……」

レオポルドは全く言うことを聞いてくれない。露《あら》わになっている肩口に唇を押し付けてくる。その濡れた熱い感触に、どくんと心臓が跳ねる。小さな鎖骨に、半分剥き出しになった乳丘に、口づけを繰り返す。擽《くすぐ》ったさはたちまち甘い疼きに代わってしまう。

「あ……も、やぁ……」

「そら真っ白い肌がうっすら赤く染まって、私を誘う。この貝殻のような耳朶《みみたぶ》も、折れそうな首筋も、全部私のものだ――」

彼は片手で滑らかな背中を撫で回し、もう片方手でドレスの胸元を乱暴に引き下ろす。ぽろりとふっくらした乳房がこぼれ出る。

「可愛い胸だ。薔薇の蕾のような乳嘴だ。ここも、ここも、私のものだ」

ちゅっと音を立てて赤い乳首を吸い上げられる。

「あぁ……ぁ、だめって……」

じわりと熱い疼きが下肢に走る。

背中を撫で回していた手が、剥き出しの尻を撫で、密やかな割れ目に指を潜らせる。

「や、あぁん……」

和毛《にこげ》を掻《か》き分《わ》けた指が、ぬるりと陰唇を上下になぞる。

「濡れやすい感じやすい、ここも、私のもの」

レオポルドが熱っぽい琥珀色《こはくいろ》の目で、シャトレーヌを見上げる。

「その愛らしい婀娜っぽい表情も、私のものだ」

「レオポルド様……」

そうなのだ。今日、万人の前で自分はレオポルドだけのものになったのだ。しみじみと感慨で胸がいっぱいになる。

側に置いてくれるだけでいいと思っていたのに、唯一無二の彼の妻になったのだ。嬉《うれ》しい、嬉しい、彼が愛《いと》おしい、愛おしくてたまらない。

「……レオポルド様、愛してます。とてもとても愛してます。どうしよう。愛してるって以上の言葉を知ってますか？　それを言いたい。愛している、じゃ、足りないもの」

心を込めて言うと、彼の高い鼻梁にそっと口づけする。すると彼はくしゃっと顔を歪《ゆが》めて、何とも言えないせつない顔になる。そして押し潰されそうなほどの力で抱きしめられる。

「ああ可愛いな、私のシャトン。お前は可愛すぎる。愛し過ぎて、私はどうにかなってしまいそうだ」

あ、とシャトレーヌは思う。

「そうです、それです。レオポルド様、どうにかなってしまいそう。私もおかしくなるくらい、あなたがすき、だいすき」

彼女の胸に顔を埋めていたレオポルドが、にこりと微笑む。

「うん、よし。ではもっとおかしくしてやろう」

そう言うや否や、彼は自分の長い礼服の裾を捲《めく》り上げ。下履きを緩めてしまう。ぬっと雄々しい灼熱《しゃくねつ》の肉棒が頭をもたげる。その淫猥で獰猛な欲望の姿に、シャトレーヌの下腹部がずきんと反応する。

「跨がれ」

ぐいっと細腰を抱えられ、彼の股間に引きつけられる。

「あ、や、こんな格好……っ」

恥ずかしいと身を捩《よじ》ろうとすると、膨れた切っ先が掠めるようにぬるりと秘裂を撫《な》でる。

「ひ、あ、ぁっ」

信じられないほどの刺激に、シャトレーヌは仰け反って嬌声を上げる。

「そらもう、こんなに熱く濡れて私を求めている」

腰を抱えられ小刻みに上下に揺すられると、笠の張った亀頭がひりつく蜜口をくちゅくちゅと掻《か》き回し、腰が蕩《とろ》けそうになる。

「や、揺すらないで、そんなに……あぁん」

「気持ち好いだろう？　もっと奥まで欲しいだろう？」

「んぅ、も、ひどい……意地悪……」

濡れ襞のとば口だけを執拗《しつよう》に擦られ、隘路《あいろ》の奥が物欲しげにひくひく収縮を繰り返し、シャトレーヌを追いつめていく。

「意地悪な私が、好きだろう？」

「あ……もう……す、き……すき、です」

なにを言われても嬉しくて、怒る気にもならない。だってもう身も心も愛されていると確信しているから。レオポルドが自分にぞっこんなんだと、今は自信を持って言える。

「では、自分で挿入《い》れてみろ。可愛いお前が乱れるさまが見たい」

「そんな……恥ずかしいのに……も……ぅ」

本当は疼き上がった蜜壷を、彼の脈動で満たして欲しい。でも自分からなんて、そんなはしたない――。おそるおそる彼の顔を伺うと、やってみろと顎で促される。

「は……い」

彼の肩に両手をかけて、そろそろと腰を沈める。ぬるっと太い先端が滑る。

「んっ、あ、ん……」

何度も腰を落としてみるが、濡れ過ぎた秘裂はなかなか彼を受け入れない。助けを求めるように潤んだ瞳で凝視《みつ》めると、彼が太茎の根元に自分の手を添えて支える。

「そら、シャトン。ここだ」

「んん、ん……んっ」

緩やかに腰を落とすと、今度は上手くいった。

熱い肉塊が花弁を割り開いて、ずぶずぶと挿入《はい》ってくる。

「あっ、あぁっ、あ、あぁ、入る、入って……」

めいっぱい満たされる圧迫感で、息も出来ない。最奥まで深々と呑み込んでしまい、背中がぞくぞく震える。

「シャトン──熱いな。そのまま自分で動いてみろ」

「んん、あ、は、い……」

ゆっくりと腰を持ち上げると、膣襞を巻き込んで出ていく巨根の喪失感に、恍惚としたため息が漏れてしまう。亀頭の括れまでぎりぎり腰を引き、そのままそろりと下ろしていく。

「ふ、あ、奥……当たる……の、あぁ、やだ……っ」

最奥のどこかいつもと違う箇所に、硬い先端がごつっと当たると、頭に真っ白な愉悦の閃光《せんこう》が走った。びくびくと身体を痙攣させて身動きできないでいると、

「ここか？　ここが感じるのか？」

レオポルドがずんと自分の腰を下から突き上げた。肉楔が的確に弱い部分を穿《うが》った。

「あきゃっ、ぁ、あ、やぁっ、だめぇっ……っ」

ばちっと再び閃光が煌めく。膣腔の奥でぷしゅっと熱い潮が吹き出すのがわかる。レオポルドが抜けるのとともに、その潮が溢《あふ》れ出てウェディングドレスに淫らな染みを拡《ひろ》げる。

「も、しないで、そこ、だめ……なのぉ……っ」

レオポルドの肩にしがみついて首をいやいやと振るが、獣欲に火が着いた彼はさらに抽挿を早める。

「可愛い、可愛過ぎて、もっと苛めたくなる」

ぐりっと子宮口を捏ねるように腰をひねりながら突き上げると、小さな身体がびくびく跳ねる。

「やあっ、も、やめ……あぁ、あああぁっ」

濡れ襞が断続的に肉胴を締めつけ、シャトレーヌは達してしまう。

レオポルドは挿入したまま彼女の腰を抱え、くるりと前を向かせる。

「ひぅあ、あ、やぁ……っ、この格好」

レオポルドは彼女の膝裏を抱え、大きく開脚させて下から腰を穿った。

「あぁ、あ、だめ、も、そんなに、しないで……っ」

がくがく揺さぶられ、激しい喜悦で喘ぎ声も掠れてしまう。

「——シャトン、正面を見てみろ」

耳朶でささやかれ思わず顔を上げると、とんでもないものが目に飛び込んでくる。ベッドの真正面には、高い天井まで届くような大きな鏡が張られていたのだ。

真っ白なウエディングドレスを淫らに乱され、はしたなく開脚して男を受け入れている自分の姿がくっきりと映っている。

「や……やあっ！　なにこれ、いやぁ、恥ずかしい！　やぁあ……」

悲鳴を上げて両手で顔を覆ってしまう。

「なにが恥ずかしい。晴れて夫婦になったのだ。二人の愛し合う姿を、存分に楽しめるだろう？」

レオポルドは嬉しげに言いながら、さらに腰を穿ってくる。

「ひ、ぅ、た、楽しいわけが……あぁ、ん……」

彼に新婚の部屋の改築を一任したことを、心から後悔した。毎晩、自分のあられもない姿をこの目で見るのかと思うと、羞恥で頭がくらくらしてくる。

「気に入らんか？　新婚のベッドにぴったりだと思ったのだが——」

「こ、こういうことは、ひ、秘め事、って言うじゃないですか……こんな姿を見られて、私、もう死にたい……っ」

声を震わせると、レオポルドが熱い息を吹きかけうなじに歯をたててくる。

「それはいい。最高の愉悦は死に近いというからな。何度でも死なせてやるぞ」

「つぅ、か、噛まないで……もう、乱暴にしない、で、あぁあっ」

さらに足を開かされ、ぐぐっと長大なものが突き立てられる。硬く太い亀頭が、子宮口をずちゅずちゅと抉《えぐ》ると、得も言われぬ快美感に全身に鳥肌が立つ。

「乱暴なのが好きだろう？　ここをぐりぐり突かれるのが、好いのだろう？」

レオポルドは恍惚とした声を出しながら、彼女のうなじや耳朶、首筋、華奢《きゃしゃ》な肩にまで歯を立てる。じんとした痛みはたちまち快感にすり替わり、太い陰茎で煮え滾る蜜壷を飼い回されると、恐ろしいほどの快感に頭の中の最後の理性が吹き飛んでしまう。

「ひぁ、あ、おぅ、あ、あぁあぁ、あぁあぁぁっ」

「そうだ、もっと叫べ。もっと泣け。いくらでも――」

涙をこぼしながら凄まじい嬌声を上げるシャトレーヌを、レオポルドは深々と貫く。

「やぁ、あ、あぁ、レオポルド様、あぁ、いい、好き、好きぃ……っ」

「は、可愛いシャトン、可愛い――」

レオポルドは、鏡の中で妖艶に身悶えるシャトレーヌの姿をうっとり見つめる。ぱっくりと開き切った陰唇が無惨なほど極太の肉茎に押し広げられ、真っ赤に濡れ光りぐちゅぐちゅと抽挿を受けている。

「あ、すごい……あ、また……あぁ、また、達《い》っちゃう……っ」

シャトレーヌがひときわ甲高い声を上げる。

「ほんとに、死ぬ、死んじゃう、うぅ、う……っ」

レオポルドの腕が前に回り、揺れる乳房の乳首を探り当て、きゅっと捻《ひね》り上げる。

「あ、だめぇ、も、弄っちゃ、あぁ、あぁ、あぁぁ」

媚肉がきゅうっと収斂し、じゅぷっと潮を吹き上げた。

「やあ、また……あぁ、やぁ、私だけ……あぁあっ」

レオポルドは今度は下腹部に手を下ろし、膨れ上がった秘玉を指でこそぐ。

「ひぅう、だめ、そこもだめ、あぁ、も、あぁ、また……っ」

「いいのだ、好きなだけ達くがいい。お前が私の腕の中で喜悦を極める。それが私には嬉しいのだ」

シャトレーヌは潤んだ瞳を開き、陶酔しきった表情でレオポルドを見上げる。

「いい、の？　私、こんなに、なって……」

レオポルドは返事の代わりに、さらにぐぐっと腰を突き入れた。

「んあぁ、あ、また達く、あぁ、達くのぉ、あぁあぁぁっ」

びくびくと全身を痙攣させ、シャトレーヌが達する。

絶頂の瞬間、シャトレーヌはかっと正面を見据えた。

逞《たくま》しい皇帝の腕の中で、壮絶なまでに妖艶な表情で凝視《みつ》めている自分がいる。
淫らでいやらしくて、幸せな私――。
シャトレーヌは鏡の中の自分にうなずいてみせる。
そして忘我の境地に意識を手放した。

終章

——結婚式から半月後。

王城の北にある地下の幽閉室に、レオポルドが訪れていた。そこは、身分の高い者が犯罪を犯した時に、刑が決まるまで入れられる牢であった。

その一室に、オルロッド公が収監されていた。

牢と言えど、ドアや窓にがっちりと鉄格子が嵌まっている以外は、ホテルの部屋のようにきちんと整っている。

レオポルドは応接室の椅子に座り、オルロッド公と対峙《たいじ》していた。

「——そなたは西の国境に近い、カナルという地の城に軟禁されることになった」

「——そうか」

すっかり憔悴しきった様子のオルロッド公は、力なく答える。レオポルドは静かな声で続ける。

「いずれ月日が経てば、どこぞの領主としてなら地位を与えてやれると思う」

するとオルロッド公は血走った目で兄を睨んだ。

「辺境貴族の地位などいらぬ。私は一生をカナルで終える覚悟だ」

レオポルドは哀愁のこもった表情で、弟を見つめた。

「お前は私が憎かったのか」

オルロッド公は顔を伏せ、吐き出すように言う。

「兄上は、なにもかもその手にしている。一生あなたの下に生きる運命だった私の気持ちなど、わからない」

二人はそのまま沈黙した。

やがて、レオポルドはゆっくりと立ち上がった。

「息災でいろ」

立ち去ろうとしたレオポルドの背中に、オルロッド公が声を張り上げた。

「エレーナに虚偽を吹き込んだのは、私だ！」

レオポルドははっと背中を強《こわ》ばらせる。オルロッド公はたたみ掛けた。

「あの初心《うぶ》な令嬢に、兄上は女好きで貴女は弄ばれているのだ、と幾度も嘘を告げた。彼女はそれを信じ込み、自死したのだ。兄上、私はあなたの大事なものを奪ってやりたかった。それほどあなたが憎かったのだ！」

レオポルドが振り返る。オルロッド公は顔を紅潮させ、睨み返す。

「エレーナは。私を信じることができなかったのだな――」

レオポルドは哀《かな》しみのこもったため息をつき、オルロッド公をまっすぐに見つめた。曇りのない静謐《せいひつ》な瞳だ。

「それでも――私はお前を憎むことはできない。早くに両親を亡くし、お前とともにこの国を盛り立ててきたと、私は信じている。お前はこの世でたった一人の、大事な弟だ」

彼はくるりと背を向けると、そのまま二度と振り返らず牢を出て行った。

ひとり残されたオルロッド公は、がくりと椅子に沈みこみ、両手で頭を抱えた。静かな啜り泣きが、牢の中にこだました。

レオポルドが自室に戻ると、ベッドに横になっていたシャトレーヌが慌てて身を起こした。

「あ、お帰りなさい……ごめんなさい、私少し眠くて」

レオポルドがそのままでよいというように手を振った。

「いいのだ、寝ておれ」

シャトレーヌは少し顔色が悪い。

「お昼に好物のフォアグラを食べ過ぎたせいね。胸がむかむかして、胃も重いし……最近胃もたれがすごいの、もう年かしら」

レオポルドは目をしばたいて、彼女を見た。

「シャトン――貴婦人に対して大変失礼なことを伺うが、よいかな？」

シャトレーヌは目を丸くして、うなずく。

「はい？　なんですか」

レオポルドは軽く咳払いしてから、少し声を潜める。

「――月のものは、来ているのか？」

「え？」

シャトレーヌはぽかんとする。レオポルドの目元がわずかに赤らんだ。

「む――なんだ、その女性だけの、あれだ」

シャトレーヌは首を傾けてしばらく考え込む。それからみるみる顔が上気する。

「あ、あの、先々月から、来ていません……」

二人は口を閉ざして見つめ合った。

「……ま、さか？」

シャトレーヌが声を震わせる。レオポルドがうなずく。

「うむ、念のため侍医に見てもらう方がいいな」

ふいにシャトレーヌは、ぴょんとベッドの上で跳び上った。

そのままぱっとレオポルドに身を投げかける。レオポルドは慌てて抱きとめる。

「こら、なんて無茶なことをする！」

声を荒くする彼に、シャトレーヌが興奮した口調で答える。

「だ、だって、だって、もしかしたらもしかしたらで、嬉しくって……」

レオポルドの頬にすりすり自分の頬を擦り付ける。

レオポルドはため息をついて、ぎゅっと彼女の身体を抱きしめる。

「わかったわかった。嬉しいのはわかったから、もうこんな危ないことはしないでくれ」

シャトレーヌは目を輝かせて彼の首にすがりつく。

「でも、レオポルド様はいつだって私を抱きとめてくださるでしょ？　私、絶対的に信頼しているんですもの」

「む――」

レオポルドの目尻が下がりそうになる。しかし、すぐにきりっとした表情になり、シャトレーヌを抱えたまま歩き出す。

「しょうもないおてんばだ。もうこのまま医務室に連行だ」

「うわぉ」

「だから、そういう淑女にあらざるような声を出すのはやめなさい」

「うふ、はい」
シャトレーヌはレオポルドの金髪に顔を埋め、深く息を吸う。
甘いムスクの香り。
幸せの香り。
いつまでもいつまでも、この香りに包まれていたい。
シャトレーヌの頬に、嬉し涙が一筋こぼれ落ちた。

あとがき

皆様こんにちは、そして初めまして、すずね凜です。

今回は、年上皇帝と幼妻のお話です。副題の通り、獅子が子猫を甘やかしまくるお話ですね。最近巷でもアラフォー男性俳優がもてもてですよね。人生の酸いも甘いも噛みわけ、渋く苦みばしった魅力に女子はくらくらです。包容力があり、ちょっとしたことでは動じず容認してくれそうで……。まあ私くらいの年だと、このお話のように倍も年上の男性となると、もはやおじいさんの域で、こうなるともう枯れ専ですわ、とほほ……。

さて、この話の中に二人でお菓子を食べるシーンがあります。このシーンは自分でもお気に入りなんです。

私は下戸なのですが、甘いものはほんとうに大好きで、和洋中問わず頂きます。仕事のお伴にお菓子はかかせません。今時の日本では、「甘さ控え目」が流行ってますが、私は甘いものは甘くてなんぼだろー、って主義で、薄味のお菓子には怒りすら覚えるんです。だから痩せないんだよ、つう話は置いといて。

そんな大の甘党の私すら、ギブアップ寸前になった外国のお菓子があります。総じて外国のお菓子は甘さが強烈なのが多いのですが、私にはちょうどいいくらいでした。それがですね、昔インドに旅行したときのことです。

ずっと貧乏旅行をしてきて、最後にちょっと贅沢をしようと思って、ムンバイのフォーシーズンズホテルのロビーでお茶を飲んだ時のことです。メニューはいろいろ西洋のケーキ類があったのですが、インドに来たからにはインドのお菓子を食べなきゃね、ということで「グラブジャムン」というお菓子を注文したのです。

出て来たのは、銀の皿に盛られた揚げたボール状のドーナッツみたいのを、何かのシロップに浸けたものでした。

一口食べて、

「〜〜〜〜〜〜〜〜〜〜!!!!」

生まれて初めて甘いものを食べて頭がきーんと痛くなるという経験をしました。脳みそがゲシュタルト崩壊するというか。

それほど甘かった！　どのくらい甘いかというと、うーん……。

スヌーピーで有名な「ピーナッツ」という漫画の中で、確かライナスだったと思うんですけど、彼がなにか鉢にはいったものをボリボリ美味そうに食べているんですね。そこへルーシーが来て、

「あら、何食べてるの？」と、尋ねます。ライナスは答えます。

「角砂糖のハチミツかけ」

ルーシーはおえっとなって逃げていくのです。そのときのルーシーの気持ちかなぁ。（ちなみにその漫画のオチはライナスが「シナモンをかけてもいけるよ」と）でも、インドのあのお菓子はライナスの角砂糖を遥かに越えてましたね。きょーれつでした。それでも私はお店に人に悪いと思って、死ぬ気で完食したのでした。最後にはめまいがしました。

さて――今回も締め切り綱渡りの私を、上手に操縦してくださった編集さんに感謝します。

そして美々しい挿絵で、お話を何倍も素敵にしてくださったなま先生に心からの御礼を！

また愛とエロスに溢れたお話でお会いできる日まで！

すずね凜

Mitsuneko Label

蜜猫文庫をお買い上げいただきありがとうございます。
この作品を読んでのご意見・ご感想をお聞かせください。
あて先は下記の通りです。

〒102-0072　東京都千代田区飯田橋 2-7-3
(株)竹書房　蜜猫文庫編集部
すずね凜先生 / なま先生

皇帝陛下の溺愛婚
～獅子は子猫を甘やかす～

2015 年 2 月 28 日　初版第 1 刷発行

著　者　すずね凜　©SUZUNE Rin 2015

発行者　後藤明信

発行所　株式会社竹書房
〒102-0072 東京都千代田区飯田橋 2-7-3
電話　03(3264)1576(代表)
03(3234)6245(編集部)
振替　00170-2-179210

デザイン　antenna

印刷所　凸版印刷株式会社

Printed in JAPAN
ISBN978-4-8019-0186-5　C0193

この作品はフィクションです。実在の人物・団体・事件などには関係ありません。

絶対君主の独占愛
仮面に隠された蜜戯

みかづき紅月
Illustration Ciel

君を独占しよう。だから私を憎むがいい。

父王の死によりケルマーの王位を継いだシシリィに隣国アルケミアの王ゼノンは強引に求婚し、会見の席で激しく彼女を陵辱した。「抵抗しても無駄だ。君は私のされるがまま――何をされても抗えない」屈辱と憤りの中で感じる恐ろしいほどの快楽。国益のために結婚を承諾した後も彼の専横が許せないシシリィをゼノンは圧倒的な力で組み伏せ包み込むように溺愛してくる。祖国への気持ちとゼノンへの気持ちを整理できないシシリィは!?